A Book of Poetry, Stories and Images

A Thousand Magnolias

시와 이야기와 사진이 있는 책

천송이 목련화

A Book of Poetry, Stories and Images

A Thousand Magnolias

시와 이야기와 사진이 있는 책
천송이 목련화

초판 1쇄 인쇄 ∣ 2022년 5월 10일
초판 1쇄 발행 ∣ 2022년 5월 25일

글·사진 ∣ 김영자(Therese Young Kim)
펴낸이 ∣ 김남석

발행처 ∣ ㈜대원사
주   소 ∣ 06342 서울시 강남구 양재대로 55길 37, 302
전   화 ∣ (02)757-6711, 6717~9
팩시밀리 ∣ (02)775-8043
등록번호 ∣ 제3-191호
홈페이지 ∣ http://www.daewonsa.co.kr

Daewonsa Publishing Co., Ltd
Printed in Korea 2022

ISBN ∣ 978-89-369-2208-5 03800

A Book of Poetry, Stories and Images

A Thousand Magnolias

시와 이야기와 사진이 있는 책

천송이 목련화

글·사진 김영자(Therese Young Kim)

대원사

   지금도 물러날 줄 모르는 코로나 팬데믹과 지구 온난화로 인한 재
해와 파괴 현상으로 지쳐 가는 우리 삶의 여로지만, 여기서 독자님과
만나게 됨은 이 무명 작가에게 무한한 영광으로, 감사드립니다.

   지난 수십 년 동안 외지에서 헤매며 무엇을 해 왔는지 민망하고 송
구스럽기만 하네요. 하지만 한 송이 두 송이 들꽃 모으듯 가끔 한 줄
두 줄 적어 보았습니다. 비록 이름도 없는 야생꽃이나마 그 향기 싱그
럽기만 바라겠습니다.

   고국과 사랑하는 영혼들을 멀리 떠나갈수록 그 모습은 저에게 더
욱 더 선명하게 다가왔고, 영어권에서 씨름하며 생존하느라 잊어 가
던 모국어를 차마 저버리지 못해 한 자 한 자 적어 보았습니다. '티끌
모아 태산'이라고 이렇게 책 한 권이 됐네요.

   뒤에 붙인 아버지께 드리는 글은 원래 서문으로서 독자님들께 쓰
려고 시작했는데 저도 모르게 고인이신 제 아버님께 드리는 두서 없는
편지로 둔갑되었습니다. 수십 년간 숨차게 돌아가는 현실에서 사랑하

는 부모님과 형제들께 따뜻한 말 한마디 드리지 못한 채 떠나보내고, 이 책에다가 드릴 말 쏟아 놓고 말았습니다. 고국에서 30이 다 될 때까지 '빨리빨리' 하며 살다가 홀쩍 해외로 떠난 후 생존을 위해 숨 가쁘게 살면서 아버님 돌아가실 때도 찾아뵙지 못했던 저의 변명인지도 모르겠습니다. 또한 이 글을 마칠 때쯤에야 생각이 나서 부모님을 모시고 살아주신 둘째 오빠와 아버님을 존경하시던 사촌 오빠께 하고 싶은 말씀이 있으면 간단히 써 주십사고 했는데, 얼마 안 가서 명작 회고문을 써 주셨음에 감사드립니다. 두 분이 다 팔순이 넘었고, 둘째 오빠는 7년째 파킨슨병과 싸우면서도 투철한 기억력으로 소설같이 멋진 글을 써 주셨음에 저의 살아 있는 가족, 아니 제 고국의 살아 있는 증인이 되셨습니다. 이렇게 장서로 독자님들께 드리게 된 사실 너그럽게 보아 주시고, 혹간 독자님께 공감되는 글이 있다면 저에게 무한한 보람과 기쁨이 되겠습니다.

세상일에 '우연'이란 없는 것, 이 책과 더불어 독자님의 사랑하는 사람들께 가끔 따뜻한 시선과 사랑의 언어를 전해 주십사 부탁하고 싶네요. 물론 그렇게 사시겠지만 독자님께 커다란 위안이 될 것이고, 이 메마르고 종잡을 수 없는 현대 생활에 샘물이 될 것이라 믿습니다.

우리 기적의 고국은 이제 세계 정상의 경제국이요 문화국으로 눈부시게 성장해 왔습니다. 그러기에 조상들로부터 물려받은 효와 도와 홍익인간 정신이 어느 때보다도 절실한 때라고 생각합니다.

이 기회에 끝없는 사랑을 베풀어 주신 언니 김익주 씨와 멀리서 많은 조력을 베풀어 준 조카딸 김오영 씨께 특별히 감사드리며, 언젠가 환히 웃으며 만날 날을 기다리면서 다수의 조카들과 조카손주들께 천송이 목련꽃을 전합니다.

이 책 출판을 위해 두서없이 모아 놓은 원고를 컴퓨터에 정리해 주시고 과만한 추천서까지 써 주신 이화여고 후배 여주영 씨의 노고와 배려에 진정 감사드립니다. 또한, 헌신적인 동창 김수자 씨와 이채임 씨의 따뜻한 배려와 서울의 박영자 동창, 뉴욕의 김유순 회장님께 감사를 전합니다. 세월이 흘렀으나 이 저자의 작품 활동 초기에 한글 타자를 성의있게 쳐 주셨던 조영실 씨께 감사드립니다. 그리고 이 책 표지 결정에 노련한 화가로서 훌륭한 조언을 해 주신 아티스트 박경희 씨와 황원모 선생님께 감사드리며, 무척이나 추웠던 겨울밤 제 영시 낭송에 오셔서 사진도 찍어 주시고 많은 성원을 베풀어 주신 김자원 선생님께 무한한 감사 드립니다. 또한 해외이민문학에 찬란한 역사를 개척해 주신 미 동부 한인문인협회 여러분께 찬사와 영광 드리며, 수년 전 이 저자의 수필을 《문예사조》에 소개해 주신 곽상희 시인님께도 감사드립니다. 슬프게도 근래에 세상을 떠나버리신 김민정·김명순·소병임·정재옥·천취자님 등을 위해 다시 한번 애도의 기도를 바칩니다.

마지막으로, 1234년에 세계 최초의 금속활자 발명국으로서 『직지』(고려시대의 불경전, 사전에 의하면 "정확하게 가르침, 정직한 마음, 바로 다스린다"로 직역)를 펴낸 거룩한 대한민국에서 우리 조국의 전통과 예술을 기품있게 소개하는 '빛깔있는 책들 대원사' 대표님과 직원 일동 여러분께 『천송이 목련화』를 아름답게 출판해 주신 데 대해 무한한 감사를 드립니다. 또한 이 무명 저자에게 주옥같은 평론을 써 주신 전해수 교수님께 평생의 영광으로, 영원히 감사드립니다.

이 책을, 워낙에 몸도 약한데 인생의 풍파를 용감하게 헤쳐 온 사랑하는 동생 김영숙 소피아에게 특별 기증하며, 독자님과 가정에 찬란한 행복과 평화 충만하기를 바라겠습니다. 지속 건강하세요!

2022년 5월 김영자(Therese Young Kim)

차 례

수필 *Essay*

단편 소설 *Short Story*

아버지께 드리는 글

김영자의 작품세계

A Book of Poetry, Stories and Images

A Thousand Magnolias

시

Poem

내 어머님은

내 어머님은 아담하고 탄탄한 다리 짚고
함박스런 흰 꽃 피어 안고 있는 배꽃나무

그 꽃잎 속에 노르께한 꽃술 키워
잘생긴 열매 따서 동동 띄운
옹곳한 동치미 항아리―

내 어머님은 고개 숙여 피는 영원한 달꽃
소복한 몸매의 충청도 양반집 규수였다오.

그 이웃 농갓집 아들 성실한 인품 소문나
친정 부모님 축복으로 그 수줍은 처녀
천생연분 맺었다오.

한반도 역사를 강탈과 핍박으로 빼앗아간
36년 일제 압박 풀리자 임신하신 어머님
아버님 따라 서울에 올라오서 정착했다오.

근면하고 슬기로운 우리 아빠
동서실업 차리고 어여쁜 기와집 마련하여
하나둘 탄생하는 7남매 자녀들 거느리시었다오.

허나, 인생길은 알고도 모를 일
천진한 여름 밤 장미꽃도 잠들어 있을 때
6·25사변 돌발했다오.

토끼같이 아름다운 우리 삼천리 강산
토끼 허리 동강 잘리고 중국, 소련, 미국의
대리 전쟁 희생물로 둔갑했다오.

그 후 역사는 흐르고 또 흘렀지만 아직도
생이별로 갈라진 남북 간의 대결―

하지만 남한은 미 우방국으로
자유 민주 이념 품고 하느님 섬기며
무궁한 발전과 도전으로 성장했다오.

허나, 내 사랑하는 어머님 아버님
자손들 기르시고 교육시키며

인생전쟁 치르시다 한 분 두 분
이 세상 떠나시게 되었다오.

내 어머님은 지금쯤 아버님 손
꼬옥 잡고 천당에 계실 천사
내 묵주신공 드릴 때면 성모님 곁에서
손 모아 내려다보실 어머님

내 어머님은
둥근 보름달 뜰 때면
그분 환한 미소 머금고
내 베개맡에 임하시는 어머님

그리도 고우셨던 내 어머님, 어느 날 간암에 짓밟혀
고통의 사경에서 헤매다가 지금도 타고 있는
잿불같이 보드랍고 따스한 그 손
내 슬픈 손에 담아 주고 떠나신 어머님

그렇게 이 세상 떠나셨음은 성녀의 운명이었을까?

어머님, 사랑하는 어머님—

—《뉴욕문학》 제30집, 2000

기도 1

신이여,
지금 멀고 머언 이 외지에서
드리는 제 기도는 사랑스런 이름들로
충만해 있습니다.

수년 전 고인이 되신 부모님,
칠순을 넘기신 언니 오빠들, 동생들을 위하여 간구하오니
그들 건강하고 오래오래
오복한 삶을 누리게 해 주시옵소서.

신이여, 오-신이여!
현란한 이 속세의 정원에는
수없는 영혼들의 꽃들이 만발하고
찬란한 태양빛 당신 눈동자에 가득합니다.

어찌나 완벽한 당신의 화폭
참새들의 지저귐에 당신 숨결 넘나들고
조국의 그림자 당신 얼굴로 보이나이다.

신이여, 어지신 신이여!
태평양 건너 동해를 껴안고 있는 거룩한
우리 조국 지켜 주소서
모든 인류 지켜 주소서.

사랑하는 신이여ー

ー1993. 2

찻집 명상

올해도 또 다른 한 해가 저물어 가는 늦가을
어느 날 그대 한적한 시간 내어 어느 조용한
찻집에 들러 보세요.

그 찻집 유리창 뒤쪽 테이블에 앉아서
환한 미소로 다가오는 웨이터에게
따끈한 차 한 잔과 달짝스런 머핀 하나 시키세요.

그리고
창밖에 지나는 행인들을 내다보세요.

인생이란 속세의 여행길이라 하듯이
그들은 마치 철따라 이동하는 짐승 무리같이
여기저기 쫓기듯 서둘러 걸어가고 있습니다.

한 인생길을 창조키 위해 수많은 시간과
역사가 흘러갔고, 다음 세대의 인생을 위해
우리는 이렇게 하루를 불태우고 있지 않나요?

아마 우리 모두 언젠가는 사라질 별들로,
아니 영원하게 비칠 발광체같이 이렇게
반짝이고 있지 않겠습니까?

우리는 그 빛이 사라질 때까지 곤두박질
곤두박질 밀려가고 있나 봅니다.

자, 이제 남은 차 다 드시고 일어나
그 길가의 행렬대를 향해 안녕히 가세요.

망향

오늘도
화장기 있는 내 얼굴에
초여름 햇빛 찬란하게 비추고
찬 바람 보드랍게 스쳐 주는
날이지만

맨해튼 번화한 거리
방황하듯 걷노라면

천년 숨길 노오랗게 스며 있을
덕수궁 담벼락 선명하고

센트럴파크 호수 타는
오리 떼 찾노라면

수유리 옛집 새벽 뜰에
참새 무리 날아들고

내 어깨 너머로 스쳐 오는
냉랭한 이국 언어에는

잔잔한 어머님의 속삭임
가슴 깊이 저며 온다.

　　　－《문예사조》, 서울, 2010. 12

강물은 바다 업고 돌아온다

연분홍 치마 풀어진 동녘 하늘에 해님
찾아올 때면 강물은 파도에 안겨
나들이 떠나고

대서양 저켠 어디선가 온종일
헤매다가 진홍 꿈 토하는 서켠
산등성으로 해님 넘어갈 때면
강물은 바다 업고 돌아온다.

돌아오는 강물은
천년간 잉태한 별 같은 이야기
파도에 싣고 와
찰탁찰탁 강둑 어루만지며
속삭여 주고

물살에 시달려 둥그러진

바위 머리 베개 삼아

갓 떠오른 초승달 머리맡에

걸어 놓고

밤놀이하는 거위 몇 쌍

가슴에 띄우고

강물은 길게 길게

잠자리에 눕는다.

　　─《한국일보》, 뉴욕, 2009. 8

센트럴파크 소나타

센트럴파크 걸어간다
초가을 입김에 촉촉해진 가랑잎
사박사박 밟으며
깊은 향수 손 잡고
오솔길 함께 걸어간다

머언 그날, 그 어느 순간에
나 홀쩍 고향 떠났던가?

묵묵한 떡갈나무 아래서
두 손 피고 세어 본다

돌아보면 사라질라
달아나듯 떠났는데
영원한 초 등 같은 부모님 눈동자
철새들 날개 타고 훨훨 날아드네

잔비에 풍만해진 단풍잎 황금길에
잊힐 듯 깨어나는 내 고향길

고향-나의 숨은 진리-

흐려 가는 얼굴들의 밀어(密語) 안고
센트럴파크 걸어간다.

초봄의 연가

그날 밤 떠나야 할 북동풍, 이별이 아쉬웠는지
광풍답지 않은 구슬픈 휘파람 불며 헤매더니
밤새 봄을 잉태하느라 그랬나 보다

호수같이 잔잔해진 새벽
앞 집 굴뚝 꼭두머리에 찌르레기 앉아
굴뚝새처럼 노래하고
참새, 울새, 휘파람새도 봄의 잉태 알리는데―

헐벗고 초췌했던 개나리나무
노―란 꿈 봉오리 터질 것만 같고
느티나무, 밤나무에 만발한 연둣빛 잎새들
어미 새 기다리는 새끼 새들 떨어질세라
초롱초롱 받쳐 주며 탄생하는 봄―

따스한 햇살에 폭삭 안긴 노상 카페에서
구레나룻 수염에 빨간 베레모 쓴 멋쟁이 화가
진한 커피 마시는데, 하늘색 하이힐 신고
긴ー머리 하늘거리며 타박타박 걸어가는 여인ー

건널목 푸른 신호등에 어여쁜 그녀 놓칠세라
그 화가 신들린 듯 스케치하고 있고
젊디젊은 연인들의 끝날 줄 모르는 입맞춤에
복사꽃 분홍빛 되어 피고 피고 또 피는데…….
ー《서울문예사조》 2013 사화집, 서울·《뉴욕문학》 제23집

이름 없는 호수

그 광대하고 화려한 공원의 수많은 초목들도
제 나름 고유한 이름들이 있고

정묘하게 다듬어진 잔디밭도
가지런히 늘어앉은 초록색 벤치에도
연인들의 밀어가 새겨진 명패가 있는데

그 공원의 백년 넘은 호수만은 단지
'호수'라고만 불리는 이름 없는 호수 있다고―

오늘, 오지 않는 임 기다리다 잎 태우며
떨어지는 낙엽 따라 나 그 호수로 향했는데

참나무 울창한 언덕을 얼마쯤 오르니
속삭이듯 흐르는 실개천에 늘어앉은 통나무 다리―
그 다리 건너 이끼 두른 돌층계 오르니
소나무 숲으로 구불구불 하향하는 오솔길

그 오솔길 따라 내려가니 아담한 크림색 구름다리
누워 있는데, 그 구름다리 한쪽에선 긴 황금색 머리의
여인 화가 짙은 수채화 그리고 있고—

그 구름다리를 지나니, 아—
붉은 단풍 둘러 입은 이름 없는 호수가
푸르른 창공에 가슴 활짝 열고
찰닥찰닥 호숫가 어루만지며
그리웠던 연인처럼 나를 반겨 주었네.

　　—《뉴욕문학》제23집·《한국일보》, 뉴욕, 2010. 11. 28

강물은 어디로 흘러가는지

실바람 보드라운 한여름 오후
아담한 숲 등성이 하향길 내려가는데
느티나무 사이사이로 반짝거리는 강물이
백만 쌍의 갈매기들 퍼득거리듯
춤추고 있어

신기루 같은 그 마력에
강둑 난간으로 가까이 다가가 보니
멀리서 은파로만 보였던 그 강물은
부서진 파돗결로 제각각 무리 지어
우왕좌왕 난동하는데

그때 휘청 ─ 불어닥치는 묵직한 바람결에
강물도 굵은 파도 일으키면서
한동안 정연한 방향 잡는 듯하더니

그 바람 어디론가 사라지자 파도는
산산이 부서져 자지러지고…
또다시 닥치는 바람결에
허둥허둥 방향 잡다가 그 바람 멈추자
다시 깨져 흩어지는 파돗결…
강물은 그렇게 눈부신 은파 수놓으며
어디로 흘러가는지…….

　　―《뉴욕문학》제23집

성녀들의 이별

늦여름의 태양이 영원스럽던 그때
다이애나 공주도 테레사 수녀도
훌쩍 떠나버리고

화려했던 여름철 장미도
한 송이 두 송이 슬픈 얼굴 떨구며
목례하던 그때

우리
꽃다발 움켜쥐고 함께 달려왔네

극빈과 부귀의 여로
교차로에서 만난 그녀들
비운과 참극 속에 훌쩍 떠남은
전능한 조물주의 영원한 숨바꼭질인가?

미련 없이 함께 떠난 거룩한 영혼들아,
그대들 하염없는 성녀들의 눈물로
이곳 메마른 황토에 단이슬 뿌려 주오

다이애나 공주도 테레사 수녀도
훌쩍 떠남은…….

  —《한국일보》, 뉴욕, 2009. 4. 24

기도 2

전능하신 천주님, 오늘은 당신의 특별한 날이옵니다.
저의 심장은 사랑에 충만하여 즐겁게 뛰고 있습니다.

이 즐거운 고동에는 사랑스런 이름들도 가끔 들려옵니다.
그중에 특히 저의 사랑하는 고인 부모님,
언니, 동생 영숙이, 동호, 오빠들의 목소리도 들립니다.
지금, 사랑하는 저의 남편의 숨결도 혹간 스치고 있습니다.
그중에는 굶주리고 버림받은 길가의 영혼들도 있습니다.

오─ 사랑하는 천주, 이 차가운 겨울바람 속에서
따사한 천주님의 속삭임을 들었습니다.

천주여, 저의 연약한 사랑하는 임들을 위하여 기구하오니,
그들 모두 건강하고 행복한 인생을 맞아 오래오래,
아주 오래 이 숭고한 즐거움을 누리게 해 주시옵소서.

우리들 사랑의 불꽃이 영원히 그 빛을 발하고,
그 연약하나마 영구적인 불꽃이 그들 하루하루에
조용한 용기와 평온을 되찾게 해 주시옵소서.

명상

오늘 나는 덕수궁 노란 돌벽에 솟아났을 검푸른 이끼를 그리며 57가 번화가를 산보한다. 그러다가 동네 커피숍에 들어간다.

오후 두 시가 거의 되어 간단한 음식을 시켰다. 닭고기 수프와 프렌치 토스트, 그리고 따끈한 커피 한 잔—

아침 녘에 남편이 좋아하는 부풀이빵 하나 굽고, 커피 한 잔으로 조반을 때운 후에 일요일 낮잠 즐기라 하고 집을 나와서 나는 이렇게 홀로 나들이를 하고 있다.

서로 바쁘게 살다 보니 이렇게 각자의 휴식도 필요한가 보다. 나이 50대로 들어선 한 여인의 심리적 공간을 메꾸기 위해서 나는 이렇게 홀로의 나들이가 필요한가 보다.

하지만 나는 고독하지 않다. 고독하다 하더라도 그것은 달직한 고독, 아니 참다운 고독이다. 그러기에 아침을 간단히 치르고 낮잠을 달게 자고 있는 남편이 고맙기만 하다.

물론 저녁은 하기 싫으면 9애비뉴에 있는 이태리 음식점에 가 부엌에서 홈씬스럽게 요리되어 나오는 토마토 스파게티와 후식은 이태리 디저트 티라미수(Tiramisu)로 막을 내릴 것이다.

지금 나는 빈 커피 잔을 다시 채워 주는 친절한 웨이터에게 고맙다 하고 세상 물정, 인생사에 대한 대략적인 윤곽을 그려 본다.

5월의 화창한 일요일, 나는 센트럴파크 옆 커피숍 창가에 앉아 지구의 동쪽 반대편에서 지금 새록새록 꿈꾸며 자고 있을 가족들을 그려 보며 나는 식지 않은 커피 잔을 사록사록 비우고 있다.

겨울밤 초상화

동지섣달 느지막한 밤 외로운 초승달
앙상한 나뭇가지에 수줍은 처녀같이
몸 돌리고 앉아 있고

허리 구부정한 할머니 지팡이 짚고
검은 텁수라기 강아지 앞세우고
어정어정 걸어가고

구불구불 돌아가는 센트럴파크 언덕 따라
푸른 등 켜 들고 서 있는 키 큰 가로등들이
강물같이 흐르고 있는데

바람도 잠든 겨울밤 품속에 폭삭 안긴 나
느릅나무 구멍에서 꿈꾸고 있는 다람쥐 한 쌍의
가냘픈 숨소리 들으며

백년 기다려 준 그 고목의 헐벗은 몸뚱아리에
내 파닥거리는 심장 맡기고
두 팔 벌려 안아 본다.

맨해튼 설경

눈이 나린다
맨해튼 거리거리 눈이 나린다
하얀, 하얀 눈이 애비뉴를 싸안는다

설쳐 가던 행인들 훌쩍 멈추고
눈길 다시 더듬는다
택시도, 버스도 색시같이 더듬는다

황량스럽던 네거리에 함쏙 앉은 눈송이가
놀랍게, 놀랍게 향그러운데

한길가 모퉁이의 청과 상점 좌대에는
백일상처럼 차려 놓은 빨간 사과 어여쁜데
외로운 여인같이 행인 손길 기다리네

눈이 나린다
맨해튼 거리거리 눈이 나린다
하얀, 하얀 눈이 애비뉴를 싸안는다.

9·11 뉴욕 참사

그날
아침 이슬 태우던 장미꽃도
햇살에 붉어지던 복숭아도

솔밭에서 재잘거리던 참새 무리도
잔디밭 벌레 울던 찌르레기도
고목나무 잔등 타던 다람쥐도

슬픔에 고개 떨구고

출근길에 입맞추며 헤어지던 연인들도
한길가 천막에서 커피 팔던 행상인도
쌍둥이들 손잡고 탁아소 가던 엄마도

애절하여 눈물 떨구고

깨어진 허공에서 파편된 영혼들

찢겨진 날개 퍼덕이며

천사되어 날아가던 날

    —《한국일보》, 뉴욕, 2007. 8. 27

이국에서 만난 플라타너스

나 한때 젊고 발랄했던 시절
우수수 불어오는 늦가을 바람에
노란색 바바리 자락 하늘거리며
거품같이 부푼 내 꿈 가슴에 품고
세종로 도는 한길 타박타박 걸어갈 때

희끔희끔한 가지에 누런 방울 달고 있는
키 큰 플라타너스
춥고 초라하게만 보여

꽃도 피지 못하고 슬픈 낙엽만 뿌리는
이방인 같은 나무라고 성급히 지나쳤는데

오늘, 수십 년 지난 눈 나리는 날
나 외로운 이방인 되어
헐렁한 코트에 까만 털모자 눌러쓰고
허드슨강 변 눈길 걷고 있는데

언덕진 둑 너머로 우뚝 서 있는 플라타너스
다시 만났다

누룩누룩 버짐진 알몸뚱이
하얀 비단으로 휘어감고
별똥같이 굳어진 내 꿈망울 비슷한
방울방울 방울 흔들며
나에게 속삭이는 말

당신 경솔하고 오만했던 청춘
용서한 지 옛날이니

구겨진 그대 얼굴 화알짝 펴고
함박눈 같은 미소 던져 보라고
방울방울 방울 흔들며 그 플라타너스
나를 반겨 주네.

    －《문예사조》, 2013년 사화집, 서울

나의 옛 수유리 집

아담스레 둘러싼
백설의 산봉우리들은
내 오두막한 동네의 병풍

지금쯤 그 봉우리에
아지랑이 타오르고
개나리 꽃봉오리 살찔
오목스런 옛 수유리 집

아카시아 꽃망울
함즈막히 늘어지고
머리 풀어 헹구는
냇가 옆 실버들나무

어머님 품속같이 영원한
나의 옛 수유리 집

　　　－《중앙일보》, 뉴욕, 2005. 2. 24

Photo Credit Ashinique Spivey

진주와 고독

인생이란
홀로 왔다 홀로 가는 것

어차피 외로운 것은
모두 마찬가지리라

진주는
파도 속 모랫살에
밀치고 헤매다가
외로움에 굳어진 굴
고독을 토해 낸 것

그러니
우리 외로움 두려워 말고
외로움 껴안고 뒹굴다가
인생의 진주 한 알씩 한 알씩
토해 볼지언

　－《문예사조》, 서울, 2011. 8

이화동산

지금 느지막한 내 기억 속에
동녘 하늘 노을처럼 피어오르는 이화동산은
아담과 이브가 거닐던 에덴동산이랄까…

꿈길 같은 정동 길을 푸른 나뭇가지 늘어진
노-란 돌벽 끼고 구불구불 걸어가면
우리 조상 사랑의 손길 아직도 따뜻한 대문
정묘하게 서 있고

그 대문 들어서면
노랑치마, 분홍치마 둘러입은 개나리, 진달래
활-짝 웃어 주고, 키 큰 벚꽃나무 허리 굽혀
맞아 주는 붉은 벽돌집 이화동산-

그 벽돌집 지나서 고즈넉한 등나무 길
따라가면 유관순 같은 샛별들 품에 안고
누워 있듯 둘러앉은 노천극장-

그 너머로 삼천 명의 배꽃 생도들
종달새같이 넘나들던 잔디밭과 운동장
그리고 나지막한 신축 교정―

그뿐이랴
그때 뼈저리게 가난했던 우리 조국보다도
가난하고 청빈했던 신봉조 교장 선생님
지혜로운 선생님들…

그중에는 과외 공부 선생 미세스 맨―
그 선생 희끔해진 금발 머리 동그랗게 올리고
금송화같이 앉아 도손도손 영어 회화 가르쳤다오

아, 유독히도 추웠던 어느 겨울 아침
빙산으로 얼어붙은 배구장 위 언덕길에서
앞서 미끄러진 친구 바라보며 깔깔 웃다가
나 그만 휙― 하고 엉덩방아 찧었다오

이제, 백두산보다 더 머―언 이국땅에서
수십 년 흘러간 이 느지막한 기억 속에
내 부모님 얼굴같이 떠오르는 이화동산…

이대로 이대로 간직하오리다.

―《뉴욕 지구 이화여고 동창회보》, 2013. 11

그 청년 눈물 솟았다

여기는 맨해튼 주 형사 법정
검은 테 안경 검정 법의의 판사
등 높은 판사석에 앉아 있고

좌컨 벽 쪽의 여나무 개 걸상에는
갈색, 푸른 눈 배심원들 정석했고
그들 정면으로 키 큰 검사 서 있다

판사 옆쪽 딱딱한 참나무 증인석에는
아연한 안색의 피고 교포 청년

솟아난 눈물 그의 포동한 볼 적시고
고동치는 젊은 심장 침몰시키는데

지금, 키 큰 검사 질문 화살 또 쏘았다

튕겨 온 화살에 그 청년 입술 떨리면서
방파제 무너지듯 쏟아지는 고백 같은 진술

그의 나이 갓 열여덟 때 1년 전 일이란다
1남 3녀 외동아들 조기 유학시킨다고
부모님 빚 들여서 미국에 보냈단다

태평양 밀물 같은 다인종 파도 타고
미숙한 영어로 허우적거리는데
누군가 팔 끌어 잡아 주며 씩 웃는 얼굴
제기 차며 함께 놀던 고향 친구더라고

그 친구 거느린 다른 친구 서너 명 되는데
외로운 옛 친구 새 식구 되었다고 따라오라며
손 안에 건네주는 장난감 같은 소권총

친구 따라 강남 간다더니
성숙치 못한 야릇한 호기심에
그럴싸한 무리 지어 유흥업소 넘나들다
달 휘청하게 떠 보이는 어느 날 밤
경찰 추적당했노라고

이제 이국의 법정에서 슬픈 기억 더듬으며
낯선 배심원에 새파란 운명 맡기는 그대…

방금 그 청년 눈물 다시 솟았다.

　─《한국일보》, 뉴욕, 2007. 7. 16

동심

그때 무척 추웠다
그리고 따스했다
정다웠다
사랑스러웠다

오늘같이 바람 없이 춥고
햇빛만 화려했던 날
흑석동 은로초등학교
동지섣달 지나서다

단 5분 쉬는 시간
땡땡이 종 울리자
장작 떨어진 커다란 난로
홀로 두고

우리, 오징어 떼처럼
쏟아져 나가

교실 밖 벽 쪽에 누워 있는
햇살 껴안으려고
재잘거리며 서로들 밀어 댔다

밀고 밀치며 까르륵거리며
그 천진한 즐거움에
해님 더 붉혀 주는데

얼은 손등 사과 같은 볼
여린 몸뚱아리들
불씨같이 뒹굴었다

지금은 내 나이 지긋한
여기, 춥고 삭막한 뉴욕 거리…
그때는 왜 그리 즐겁기만 했을까?

세 여인상

어떤 여인은
불운에 시달려도
행복을 노래하는
여인이 있고

행운에 폭삭 안겨
숨이 차 있어도
슬픔을 독백하는
여인도 있는가 하면

맑은 날 궂은 날
동녘 하늘 노을 같은
은은한 미소 입고
오렌지꽃 향내 풍기며

인생 파도 타고
사복사복 춤추듯 흘러가는
여인도 있답니다.

내 동생 환갑날에

내 동생 환갑날 고향에 가고 싶다
허리 잘룩한 토끼처럼 연약한 듯 강인한
해방둥이 내 동생

닭띠 내 동생 가야금 선생이라고
그녀 뜯는 가야금에 내 못난 시 한술 떠
오래 잠드신 부모님 그대로 두고
늙은 형제, 젊은 조카들 두루 모아서
덩실덩실 춤춘다면—

허나 지금 더 멀어진 이국에서
내 굳어진 꿈 끌어안고 아직도 기다리는 나
내 동생 환갑날 고향에 가고 싶다

첩첩이 선 산등성 넘고 또 넘노라면
어느 날 삼천만리 고향 하늘에
해님 함박스레 웃으시는 그날

제 둥우리 찾은 살찐 닭 황금알 깔아 품고
무궁화꽃 호박덩굴 울타리 넘어가는 그날
내 동생 시골집에 나 찾아갈 날 오겠지.

 —《중앙일보》, 뉴욕, 2005. 6. 9

세종대왕 후손들아

우리는 가를 수 없는 세종대왕 후손들
이 지구 너머 영원의 영원까지 가를 수 없는
배고팠고 선량한 백성들아, 고개 들어라
그대들 홍익인간 지혜로 손과 손을 잡아라!

다시는 위탁 전쟁 희생양 되지 말라
민주, 자유 부르짖되 흉기는 휘두르지 말라
오천 년간 불러온 민주 평화 속삭임 들어 보라
이 지구 너머 영원의 영원까지 속삭이고 속삭여라

생명은 태양과 빗물, 사랑으로 존재하는 것
진정한 인간애를 저버리고는 존재할 수 없는 것

지금 38선에서 진갑 치르며 녹슨 지뢰들
그 지뢰 우리 손길로 하나 둘 셋 캐내어
삼천리 강산의 심장 고동치게 하고

무궁화꽃 총총 심어 강강수월래 춤출 것을

여기 태평양 건너 외지에서 백년 이민 역사
이루느라 곤두박질해 온 한민족 교포들
우리 동해에서 한반도 지키고 있는 독도처럼
거룩한 동포들 손과 손을 잡고 노래하라!

우리 두고 온 조국 갈라진 토끼 인생
그 심장부에 박힌 천만 개의 지뢰
지금도 서리 받으며 기다리다가
핏빛으로 녹슬어 있을 그 지뢰밭

그 신음 소리 안 들리는가?
그 상처 씻어 주지 못하고 녹슨 역사
그대로 저버릴 것인가?

동강이 된 저 북쪽 배고픈 서민들
그들의 눈물 70년 늙은 강물로 흐르는데
이제는 귀먹은 체, 눈 먼 체하지 못할지언!

선량한 서민들 대대손손 굶주리고 사라졌어도
그 영혼 조물주께 맡기고 살아 남은 영혼들
고개 들어라!
선량한 백성들아, 포기하지 말라!

언젠가 우리 모두 압록강, 백두산, 독도, 동해,
서해, 제주도로 덩실덩실 춤추며 나들이 가자고
선량한 백성들 서로서로 부둥켜안고 춤추자고
세종대왕 후손들아!

눈이 내린다

눈이 사락사락 내린다
그러다 눈보라가 친다

아니, 그 눈은 진눈깨비가 되어
이제는 진눈보라가 휘몰아쳐 온다

어제만 해도 해가 빠끔히
초봄의 기대를 만발하더니

하늘도 부끄러운가
살짝 눈보라가 안쓰러운가

이제는 뿌르릇뿌르릇
눈보라도 아닌, 진눈깨비도 아닌
눈비가 사르륵사르륵 내리고 있다

미 대륙의 한 병아리 우리 같은
이 거대하고도 협소한 맨해튼

이 맨해튼에 진눈깨비 내리는데
겨우내 쌓이고 쌓인 때 더미도
아직 밀려지지 않았다

눈이 사락사락 내린다
그러다 눈보라가 친다

아니, 그 눈보라는 진눈깨비 되어
이제는 진눈보라 휘몰아쳐 간다.

조물주의 선물

조물주는 우리에게
천체를 주셨다
자연을 주셨다
육신을 주셨다

조물주는 우리에게
언어를 주셨다
감성을 주셨다
슬기를 주셨다

그리고 당신의 영을 주셨다
한 가지, 단 한 가지 바라심은
그분 내려 주신 온갖 선물을
마음껏 둘러보고
감미하고
사랑해 보라고…….

이국의 호숫가

여름이 주춤,
떠날 듯 머물 듯
9월 하순 호숫가에
치맛자락 적시는데

그대
검푸른 이국의 호수는
물오리 떼 끌어안고
기다란 햇살 두루 입네

그 호수는,
백년 묵은 내음새로
여름이 떠날세라
늦은 향기 뿜어 주고

이국살이 혼탁해진
내 눈동자
씻고 또 씻어 주는데

무심코 일어난 실바람이
사르르…
수평수 떨구며

얼룩진 내 얼굴을
쓰다듬듯 스쳐 가네.

　　　-《세계일보》, 뉴욕, 2001. 5. 4

홀로 나들이

나는 늦은 아침 녘 남편의 조반을 차려놓고 홀로 토요일 나들이를 나온다. 그는 광고 모델, 성우, 탤런트로 뛰는 배우로 엎치락뒤치락한 스케줄에 쫓기는 생활에 늦잠은 필수적이다. 물론 저녁은 같이하고, 영화관도 자주 가곤 한다. 하지만 50대 나이로 접어들면서 야릇한 허무감을 메꾸려고 나 이렇게 고독을 찾나 보다.

그것은 숭고한 고독을 찾는 홀로의 나들이이다. 하지만 내 손가방에는 보들레르의 얇은 산문 시집과 손바닥만한 카메라가 있어 완전한 홀로는 아니다. 기분에 따라 어디 앉아서 책을 읽을 수도 있다.

나는 57가 서쪽에서 두 블록 떨어진 쾌적한 커피숍에 들어가 남편 조반보다 훨씬 운치 있는 치킨 수프와 프렌치 토스트를 따끈한 커피 한 잔과 나눈다. 역시 깨끗하고 우아한 분위기에서 친절한 서비스를 받으며 즐기는 맛은 내 엉성한 요리 솜씨와는 비길 수도 없다.

Photo Credit **Konrad Monroe**

나는 따끈하고 달콤한 조반을 즐기며 내 우주 공간에 비치는 세상 물정과 내 자신의 윤곽을 그려 본다. 그것은 모호한 인생의 영원한 수수께끼로 남을 주제라는 것을 뻔히 알면서. 나와 한두 테이블 떨어져 앉아 조용히 대화를 하거나 신문을 보고 있는 몇 사람의 타인들과 서로의 공간을 소리없이 나누며, 나는 커피 잔을 비우고 커피숍을 나온다. 그리고 5월의 태양 속에서 미소하는 아름다운 여인 같은 센트럴파크로 향한다. 걸어가며 나는 문득 손가방에서 카메라를 꺼낸다.

그리고 구불구불 돌아가는 오솔길 따라 간다.

Arirang Lament

아리랑 애가

Once I was born in the Land of Morning Calm
where, they say, tigers used to smoke.

Could I ever free myself from the laughable
state of living where one never utters
"I love you" even if dying of love,
which could also mean "I hate you."

Laughable to say as it may, the story is sung
in one hundred versions of the folksong,
Arirang.

Arirang, arirang, ara~ri~yo~~

Trudging away you're o'er the hills of Arirang~
If you so leave, leaving me forsaken, my love,

suffer you will from the pain in your leg

before you make ten-li for your journey~

Arirang, arirang, ara~ri~yo~~

So goes the legend, undressing the hearts

and minds of lovers abandoned and abandoning

in the peaks and valleys of love — of life.

* **Arirang**   One of the oldest Korean folk songs and the most popular one, with the word 'Arirang' repeated in the refrain, and lyrics and melodies slightly different in each province.
(The Journal of Baha'i Studies Spring-Summer 2018 / NY Munhak(뉴욕문학, 2021 English Edition) / In my YouTube "Memorizing Arirang")

Bodhisattva the Snow Dancer

춤추는 보살

In the hush of the arena in Vancouver Winter Olympics

Yuna slides across the ice like a snow-heron about to fly.

As she glides in Chopin, the morning dawn breaks

over her turning shoulders.

Worlds away in Kyung-Ju Buddhist temple sits

a lone Bodhisattva etched in stone, cradling

her forbidden desire to be born a snow-dancer.

It is snowing in the silent garden of the temple.

As if in apparition, before the forlorn gaze

of Bodhisattva manifests an exquisite form

of a young woman dancing in the flurry of motion,

mirroring the dream she has dreamt

for a thousand years today —

A teardrop rolls down her chiseled cheek.

In the arena, wrapped in Piano Concerto, Yuna
floats and floats in midair before landing like
a snowflake into a lotus corolla.

A million petals shower down in ovation,
coronation.

Bodhisattva, bathed in karmic ecstasy on
lotus pedestal, slowly folds her crescent eyes
smiling like rippling silk —

* **Yuna Kim**   Korean Figure skating gold medalist at the Vancouver
Winter Olympics 2010
Bodhisattva   A compassionate deity in Buddhism who refrains from
entering nirvana to save others. (NY Munhak(뉴욕문학), 2021 English
Edition)

A Book of Poetry, Stories and Images

A Thousand Magnolias

수필

Essay

어제 그믐날 밤에

어제 그믐날 밤에 나 기이한 꿈 꾸었다. 꿈속의 전경은 몽롱한 안갯속 같은 형태였는데, 어릴 때 구김 없이 살던 흑석동 집의 널찍하고도 아늑한 거실인 것 같았다. 그 거실에는 이미 저세상으로 떠나신 부모님이 우리 형제들과 둘러앉아 무엇인가 담담한 미소로 말씀하고 계셨다. 꺼질 듯 꺼질 듯, 희미한 음성이었으나 내 영의 귓전에 선명하게 들려오는 말씀인즉, 신을 믿고 양심을 어기지 않으면 저세상에서도 즐거운 현실이 지속될 수 있다는 것이었다.

돌아가신 영혼들이 살아 있는 우리들의 침체된 양심들과 대면하는 순간이었다. 신을 믿고 양심을 속이지 말고, 어떠한 난관에서도 한 발짝 한 발짝 참된 삶을 수놓으라 하는 말씀이었다. 어느 순간엔가 문득 눈을 떠보니 파아란 새벽이 창가에 도사리고,

그 창밖의 맨해튼 거리는 눈부신 함박눈에 덮여 있었다. 그리고 꿈같이 풍만한 평온함이 나의 눈시울에 촉촉이 찾아왔다. 환희의 정적 속에 취한 채, 나 생각했다.

세상일은 초조하고 성급하게 서둘러서 성취되는 일은 거의 없으며, 혹시 성취된다 하더라도 지속성이 없는 것이다. 마치 순수한 보석과 명주 비단같이, 우리의 참된 시간과 열성을 기울이지 않고는 생의 보람을 찾을 수 없는 것이다. 또한 그렇게 이룩한 현실이 천당인 것이며, 이 천당의 연속은 우리 삶이 될 수 있고, 이에 대한 가능성은 무궁하다고. 너무나도 잊기 쉬운 이 진리를 자식들에게 상기시키고자 사랑하는 우리 부모님이 내 꿈에 나타나셨나 보다.

신에 대한 찬양

현실의 재발견

발견된 현실의 참된 미화

그 현실의 지속성

우주의 진리

신의 품, 우리의 영구적인 추구…

어제 그믐날 밤에, 나 기이한 꿈 꾸었다.

—《뉴욕문학》, 2021

김미순 이야기

그녀의 이름은 김미순, 가명이다. 나이는 열여섯, 충남 농가의 단란한 가정에서 자랐다고 한다. 미국에 이모 댁이 있는데, 결혼한 지 10년이 되어도 자식이 없어 성실한 조카를 공부시켜 준다 해서 도미했다고 한다.

내가 김미순을 처음 만난 것은 뉴욕의 모 법원에서 그녀의 대배심 증언 통역관으로 출두했을 때다. 김미순은 첫인상이 귀염성 있는 여학생이었다. 머리는 예쁘장한 귀를 반쯤 덮은 단발형, 큼직한 청바지에 검은 반코트를 입고 있었다. 얼굴은 통통한 건강형이고, 둥그스런 눈 위에 약간 두툼한 눈썹이 반달 같았다. 나의 의문은 이렇게 함박스런 여학생이 무슨 연고로 이 대배심에 출두했나 하는 것이다. 어쨌든 부검사가 그의 사무실에서 나오자 우리 셋은 대배심 증언실로 들어갔다.

먼저 말했듯이 김미순은 이모의 주선으로 1년 전쯤에 뉴욕에 왔다. 어느 퀸즈 중학교에 입학했는데 이 학교는 서반아, 흑인, 아시아계 등 다인종 공립 학교다. 하지만 강의실만 나가면 제각기 동족끼리만 어울린다고 한다.

어느 날 수업이 끝나자 네 명의 한국 여학생들이 김 양에게 접근했다고 한다. 그리고 하는 말이 중요한 이야기가 있으니 노래방에 가자고 했단다. 김 양은 그들이 같은 교포들이고 해서 따라갔다.

노래방에 들어가자 그들은 신나는 노래를 켜고 한 사람씩 돌아가며 노래를 하더니 갑자기 누군가 고함치기를, "너 왜 선배들에게 인사도 없냐!" 하더란다. 그러자 세 명이 달려들어 김 양의 머리를 움켜잡고 벽에 처박아 쥐어박고, 얼굴을 때리고, 주먹으로 눈을 후비고, 무릎으로 가슴을 차고, 발로 짓밟는 등 사정없이 구타했다. 그러는 중 한 명은 계속 요란스레 노래를 부르고 있어 밖에서는 방 안의 아수라장을 알아채지 못했을 거란다. 김 양의 눈은 순식간에 부어올라 앞도 보이지 않았고, 코피가 나기 시작했단다. 그러자 누군가가 그녀를 화장실로 끌고 가 코피를 닦아 주더니 그녀의 얼굴을 변기 속에 쑤셔 박았다. 그녀는 소리를 지를래도 그들의 무자비한 횡포에 질려 포기했다. 계속되는 공포의 시간이 얼마쯤 지났을까, 그들이 그녀를 가라고 했다.

얼굴이 사납게 부어오른 조카를 보고 아연실색한 이모가 결국 경찰을 부르고, 이 사건을 정식으로 고발해 대배심까지 오게 되었다.

싸늘한 침묵 속 배심원들 앞에서 검사가 질문을 했다.

"김 양은 그녀들로부터 왜 그런 구타를 당해야 했는지 무슨 원인이 있었는가?"

김 양은 대답했다.

"한국에서는 선배들에게 무조건 복종하고 공경해야지 그렇지 않으면 혹독하게 당합니다. 제가 미국에 와서 그걸 지키지 않아서 아마 저에게 보복을 한 것 같아요."

그러자 20여 명의 배심원들이 "악!" 하고 함성을 지르고 한숨을 쉬지 않겠는가. 그 소리가 내 귓전에는 경악과 혐오의 소리로 들렸다.

순진한 눈망울을 어디에다 향해야 할지 모르는 김 양의 얼굴은 슬픔과 수치에 그만 일그러지고 말았다. 사회 속의 보이지 않는 압박과 후배로서의 의무감과 두려움…, 이것을 피해 미국에 와 활짝 피는 소녀의 환희를 맛보기도 전에 동족의 때묻은 현실에 짓밟힌 한국 소녀. 아마도 그래서 배심원들이 함성을 질렀는지도 모르겠다.

이 증언은 사건 후 한 달이 넘었을 때라 김 양의 얼굴은 말쑥하게 가라앉아 있었고, 증언이 끝남과 함께 노여움도 사라진 양 얼굴에는 연한 미소까지 흘렀다.

나중에 밖에서 내가 김 양에게 묻기를, "김 양은 고국이 그리운가? 그렇다면 가장 그리운 점이 무엇인가?" 했더니 김 양은 농가에서 일하시는 아버지가 동네 잔치를 베푸실 때 어머님 도와드리고, 음식 날라 주던 일이 그립다고 했다. 그리고 덧붙이기를 우리 교포들이 이 어려운 이민 생활에서 서로를 존중하고, 자유와 창의의 공간을 주면 좀 더 큰 발전이 있을 거라고 하지 않는가.

— 《뉴욕문학》, 2021

아름다운 여운의 인간상

　수많은 세월과 씨름하며 사느라 어쩔 수 없이 하얗게 덮인 백발을 늘어뜨리고 오가는 인파 속에서 걷노라면, 희귀한 단어들이 내 머리를 스쳐 가곤 한다. 젊었을 때는 달콤한 은율의 노랫가락처럼 잔잔한 단어들이 찾아와 잃어 간 은율의 공백감을 메꿔 주는 것 같아 반갑기도 하다.

　나는 그렇게 찾아온 단어들을 음미하며 맨해튼 거리를 걸어갈 때면, 제각기 손바닥의 스마트폰을 자주 훑어보며 우왕좌왕하는 허다한 행인들을 본다. 지금껏 스마트폰도 없이 버티는 나에게는 이 첨단 디지털 세대가 나를 불안하고 혼동스럽게 한다. 그뿐인가, 텔레비전에 비치는 세계 뉴스에는 가끔 참혹하고 처절한 장면들이 나를 흠칫흠칫 놀라게 한다. 그래서인가, 아직도 나는 "내가 서야 할 땅은 어딘가?" 하고 자문할 때가 있다. 따라

서 '여운'이라든가 '홍익인간', 또는 '염원' 같은 알쏭달쏭한 낱말들이 스치는 것은 단지 우연의 현상만은 아닌 것 같다.

어느 날 나는 그 단어들의 참된 의미를 알아보기 위해 노랗게 변색한 우리말 사전을 들춰 보았다. 그 사전에는 '여운'이 "아직 스러지지 않고 풍기는 운치나 운향", 그리고 "사람이 떠난 뒤에 남은 좋은 영향"이라고 설명되어 있었다. 그리고 '홍익인간'은 "널리 인간 세계를 이롭게 한다는 뜻"이라 하고, "국조 단군의 건국 이념으로서 고조선 개국 이래 우리나라 정교의 최고 정신"이라고 명백히 설명되어 있었다.

현재 우리 디지털 시대는 영상과 스토리가 눈 깜짝할 사이에 전 세계로 전파됨은 물론 영구화된다. 그 한편으로는 우리 인간의 아름다운 정서를 둔화시키고 인정을 메마르게 하며, 극단적인 자기 중심 시대로 이끄는 것 같다. 그렇게 쉽고 흔한 통신 방법에도 불구하고 사람들이 서로서로 이탈되고, 적대화되고 있는 이유는 무엇일까? 그래서 아름다운 여운을 남기는 인간상이 더욱 절실해지는가 보다.

그렇다. 국내외에 퍼져 사는 한국 동포들의 조상을 거슬러 올라가면 우리 국조 '단군'에까지 이른다. 우리말 사전에 수록되어 있듯이 단군왕검은 고조선의 건국 이념을 '홍익인간'이라고 했다. 이 사실 또한 우연이 아니라고 생각된다.

마침 나의 모교인 이화여고가 창립 130주년(2016년)을 맞이하는데, 우리 5천 년 한반도 역사에 비하면 눈 깜짝하는 세월밖에 안 된다. 하지만 그때만 해도 거의 무명의 존재였을 조선 왕국에 미합중국 선교사 발드윈 여사와 스크렌턴 여사가 조선 여성들의 교육과 계몽을 위하여 이화학당을 설립했다. 여기에 더욱 중요한 사실로, 그 선교사들은 우리 한민족의 무한한 잠재력과 능력을 인지하였기 때문이었을 것으로 믿고 싶다. 물론 배재학당도 마찬가지였을 것이다. 그리고 이화학당의 설립 정신을 '자유, 평화, 사랑'이라 했다.

그후 130년간의 찬란한 이화 역사는 물론, 수많은 교육기관을 통해 배출된 우리 선조들의 업적은 무수한 별빛같이 찬란하다. 또한 36년간의 일제 핍박에서 무참히 사라진 순국 애국자들 중에는 16세의 어린 이화학당 소녀로, 일본 손아귀에 이슬같이 사라진 '유관순'이 있다. 해방된 지 몇 년 후에 일어난 6·25전쟁을 치르며 우리 선조들은 기구한 운명의 슬픔과 역경을 당하면서 용감하게 한반도의 역사를 꾸려 왔다.

하지만 지금쯤 검붉게 녹슬어 있을 수많은 지뢰가 거의 70년간 갈라진 한반도 심장부에 박혀서 우리들을 숨막히게 하고, 조상들이 세운 금수강산의 풍수지리를 파괴하고 있지 않는가! 하지만 우리 고국은 이렇게 갈라지고 비좁은 땅에서나마 피땀 흘려 가며 당당한 세계적 경제 국가로 부상해 왔다. 우리 한민족은 세계 어느 민족보다도 우수한 지혜와 슬기로 오늘날 이렇게 존재하고 있음이라.

허나, 전례없이 치열한 디지털 시대로 요동치고 있는 현실에서 우리가 살아나려면 '빨리빨리'만 외치며 경쟁할 시대는 지난 것 같다. 우리는 재래의 도전 방법을 한층 더 높고도 깊은 차원으로 승화시키는 동시에 우리 국조인 홍익인간 문화인으로 임할 수 있다면 아마도 그 길만이, 오직 그 길만이 우리의 장래를 보장할 수 있는 길이라고 생각된다.

'아, 참담하고 어지러운 현세에 구원의 인류애가 우리 한반도에서 꽃을 피울 수 있다면!'

오늘 찬란한 부활절의 태양을 안고 나는 이렇게 염원하며 걸어가고 있다.

—《뉴욕문학》, 2016

용감한 교포 아저씨

뉴욕 차이나타운 한 구석에 한국 보석상이 있었다. 그 교포 보석상 주인인 박 씨가 한겨울 밤에 상점 문을 닫고 있는데, 아직 다 내리지 않은 철문 밑으로 흑인 두 명이 뛰어 들어왔다. 그중 한 명이 "손들어!"를 외치며 박 씨의 귓전에 총구를 댔다. 다른 한 명은 갖고 온 망치로 진열장을 깨더니 박 씨가 빚내어 구입한 보석들을 마구 집어 자루에 넣기 시작했다. 손을 들고 서 있던 박 씨는 치밀어오른 노여움에 귓전의 총대를 두 손으로 거머잡고 머리 위로 추켜올렸다. 키 큰 강도는 짤막한 키의 박 씨가 힘껏 치켜든 권총을 놓치지 않으려고 옥신각신했다. 그때 갑자기 총알이 튀는 소리가 났다. 순간 박 씨는 총알이 자기 옆구리를 관통하는 것을 느끼고 그만 실신하고 말았다. 강도들은 금품을 갖고 도주해 버린 것은 두말할 나위도 없었다.

얼마 후 박 씨가 정신이 들었을 때는 어느 병원에서였다. 이웃 사람들이 부른 경찰과 구급차가 와서 결국 박 씨는 응급실로 이동되었고, 수술을 받게 되었다. 다행히 권총을 쏜 용의자가 잡히고, 박 씨는 이 재판의 증인대에 서게 되었다고 한다.

담당 검사는 박 씨에게 공판 배심원들한테 총에 맞은 자국을 보이라고 했다. 피고 측 검사가 반대했으나 판사는 보여 주라고 명령했다. 그러자 박 씨는 서슴지 않고 윗도리를 홀떡 벗어 총알이 관통했던 양쪽 허리와 아직도 붉은 가슴 부위의 상처를 보여 주었다. 그러자 배심원들은 "아!" 하고 동정의 외마디를 내뿜었다. 박 씨는 일일이 상처를 가리키며 설명하느라 여념이 없었다.

"여기 왼쪽 겨드랑이 밑으로 총알이 들어가 여기 오른쪽 옆구리로 나왔어요. 이 가슴 중간의 상처는 총알이 허파를 살짝 관통해서 수술한 자국입니다."

나는 현기증이 일었지만 간신히 참으며 용감한 교포 상인의 말을 또박또박 옮겼다. 현기증은 상처 자국에 대한 것이라기보다 가혹한 현실과 생사의 위험을 헤쳐가며 존재하는 한 교포 상인의 용감성 때문이 아니었나 생각한다.

박 씨는 증언이 끝나자 옷을 다시 홀쩍 둘러 입고 법정에서 나왔다. 건물에서 나올 때 그가 나를 힐끔 돌아보고 미소 띠며 말했다.

"이렇게 힘든 통역을 해 주셔서 감사합니다."

죽음을 기적같이 면했던 그가 나에게 던진 이 따뜻한 한마디에 또 한 번 현기증을 느꼈다. 나는 박 씨에게 용감하고 훌륭한 한국인으로서 높은 긍지를 갖고 계속 분투하시라고 고개를 숙여 인사하고 헤어졌다.

나를 일깨워 준 사진 속 영혼

미국생활 45년째 되는 이때, 필자는 태평양 건너에서 고국을 사랑하는 마음으로 이 글을 올린다.

올해 초반에 어느 온라인 영국 잡지인 《Tuck Magazine》에 발표된 단편 소설 〈A Forgotten Story of War—잊힌 전쟁 이야기〉는 6·25동란의 슬프고 뼈아픈 이야기로, 어느 한국 소녀의 눈과 마음을 통해 묘사된 스토리다. 그 전쟁의 이슬로 사라진 생명들은 약 500만으로 추산되었고, 우리 고국은 아직도 전쟁 도발 위협의 그림자가 하루도 끊이지 않고 있는 현실이다. 아마도 이 단편 소설은 70여 년간 지속되고 있는 조국의 기구한 운명의 수수께끼를 풀려고 하는 필자의 잠재 의식에서 나온 스토리가 아닌가 한다.

이 필자의 문학생활은 현시대의 흐름과 함께 시작되었고 수년 후에 본 소설의 일부가 등단되었는데,《Tuck Magazine》은 그 소설에 어떤 이미지 하나를 붙여 주었다. 그런데 나는 그 사진을 보는 순간 내 눈에 눈물이 고이는 느낌이었다. 여기에 그 이미지를 복사할 수는 없으나 어느 한국 소녀가 동생을 업고 미군 전투용 탱크 앞에 서 있는 모습이었다.

나의 눈물은 6·25동란 때 참혹했던 현실과 굶주림에 떨던 한국의 동포들과 나의 옛날 소꿉친구들을 상기시켜서만이 아니었을 것이다. 그 사진을 찍은 당사자는 미국의 종군 기자였는지, 아니면 그 뒤에 보이는 탱크의 운전사였는지는 모르나, 그때의 한 전경을 마치 어느 신기한 볼거리로 찍었을 것이라는 생각에 굴욕감마저 들었다. 그 굴욕감을 머금고 사진을 응시하는 중 어디선가 그 이미지 뒤에 숨어 있을 우리 민족의 자태가 역사의 필름같이 내 기억을 찾아왔다. 그 기억과 함께 내가 여러 책에서 읽어 온 우리 역사의 자태가 밀물처럼 쏟려 왔다.

우리 조국의 탄생은 약 5천 년 전에 단군 할아버지가 홍익인간의 보금자리로 고조선을 세웠다는 전설이 있다. 홍익인간이란, 모든 인류를 위한 박애의 백성이라고 들었다. 그래선지 우리 역사의 흐름을 보면 수많은 비극과 고전을 겪으면서 싸우다 사라진 무수한 영혼들이 하늘의 별같이 반짝이고 있다.

우리 고국의 지도를 보라. 한반도 북쪽으로는 거대한 중국과 소련, 동쪽 바다에 있는 고국의 섬 독도를 넘어서 항상 우리를 노리고 침략해 온 일본 섬이 기다란 거머리같이 누워 있다. 우리 고국은 그들 사이에 허리 잘록한 산토끼 모습으로 포즈를 취하고 있다.

이렇게 대국 사이에 끼어 있는 우리 고국은 특히 일본으로부터 수백 번의 침략을 받게 되었는데, 그중 하나는 이미 역사책에서 읽었을 '임진왜란'이다. 그 침략은 1592년부터 7년 동안 지속된 상상을 불허하는 일본의 잔악 행위로, 수많은 우리 조상들이 그들의 칼자루에 이슬로 사라졌다. 그리고 그들은 조선의 많은 국보와 유물들을 속속들이 강탈하고 수천 곳의 불교 사원을 방화·파괴, 수백 명의 도자기 기술자를 납치해 가서 일본은 도자기 문화에 전례 없던 경제의 황금시대를 이루게 되었다. 그래서 임진왜란을 '도자기전쟁'이라고 부른다.

일본은 경제 문화의 급속한 부흥을 거두면서 범아시아 정복의 일환으로써 우리 역사의 치욕으로 남아 있는 1910년에 한일 합방하여 우리 고국의 주권과 통치권을 쥐고 36년간 무참한 식민 정책을 강행하였다. 그 참혹한 36년 동안 우리 조상들은 재산과 토지의 소유권은 물론 조국의 언어를 박탈당하고, 수많은 독립운동가들과 문인들이 투옥되고 살해되었다. 그중에는 어린 소녀 '유관순' 순국자가 있고, 수십 만의 한국 어린 딸들이 일본군의 성 노예로 비운의 짧은 인생을 거두었다. 그 기구한 36년이 끝나게 된 동기는 일본이 제2차 세계대전에서 패배함으로써 1945

년 8월 15일에 우리 조국이 해방을 맞게 된 것이다.

허나 이 찬란한 독립의 날이 다가오기 며칠 전, 우리 조국은 하루아침에 분단국가의 운명을 안게 되었다. 이 운명의 순간은 미 국무해군 3부 조정위원회(SWNCC)의 존 J. 먹클로이(John J. McCloy)가 두 젊은 대령인 딘 러스크(Dean Rusk)와 찰스 H. 본스틸(Charles H. Bonesteel)에게 지시하기를, 지도를 갖고 옆방에 가서 한반도를 찾아 분단선을 그으라고 하여, 그 두 대령이 자를 대고 그은 줄이 위도 38선이었다는 사실이다.* 그리하여 우리 조국은 일본의 목 졸림에서 헤어나기도 전에 분단국가로 둔갑되었고, 수천만 명의 삶과 역사의 공동체가 순식간에 두 동강이가 되었으며, 결국 몇 해 안에 6·25전쟁이 한반도를 불태우게 되었다.

이제 다시 그 어린 소녀의 사진을 보자. 어린 누나가 남동생을 포대기로 덮고 널찍한 포대 줄을 그녀의 연약한 가슴과 어깨에 탄탄히 두루 감고는, 두 팔을 뒤로 돌려 동생을 부둥켜안아 쥐고 있는 모습이다. 그 소녀는 그렇게 서서 우리를 조용히 응시하고 있다. 그 어린 눈동자는 슬픈 속삭임으로 외로운 반달같이만 보이는데, 날씨는 퍽 추웠을 것이나 아직도 얇고 허름한 옥양목 저고리를 입고 있고, 머리도 감은 지가 오래된 듯 흩어져 있다. 그녀의 자태는 마치 우리 고국이 '조용한 아침의 나라(The Land of

---

* 이 문구는 Bruce Cumings의 『korea's Place in the Sun(한국 현대사)』를 참고하여 필자가 간략하게 인용했음.

Morning Calm)'로 불렸던 신비의 자태 그대로다. 그녀가 동생을 등뒤로 부둥켜안고 있는 그 모습 또한 우리 고국의 모성애 그대로다. 어머니가 안아주고, 업어주고 하는 모성애의 영혼이 그 어린 누나의 사진에 영원하다.

이제 그녀 뒤에 있는 탱크를 보자. 그 탱크는 아기와 소녀의 뒤쪽과 옆으로 비스듬히 돌려 있고, 기다란 총포도 그들을 피해서 옆쪽으로 살짝 돌려져 있음을 보라. 그 사진 프레임을 벗어난 주위는 아마도 전쟁의 폐허였는지 아니면 어느 미군 기지였는지는 모르나 필자가 믿고 싶은 것은, 그 사진작가는 참혹한 현실 속에서 목격한 우리 한국 소녀의 아름다운 영혼을 이 사진에 담고 싶었는지도 모른다. 그 전투 탱크를 그녀의 자태에 위협되지 않도록 뒷전에 위치를 잡고, 그 탱크 포구는 그녀를 피한 옆 방향으로 돌려놓았다는 사실에서 그 사진작가의 온정한 인간미가 비치는 듯하다. 그래서 그 사진이 찍히는 순간, 세대와 국적과 피부는 다르나 아름다운 두 영혼이 이 넓고 넓은 우주 속에서 만나 그 사진을 승화시켰다고 필자는 생각한다.

아마도 우연의 일치인지는 모르나 나의 〈A Forgotten Story of War〉에서도 일곱 살 난 소녀를 처음으로 본 미국 군인이 어린 그녀를 안아주고 사진에 담으려고 카메라를 들었을 때, 그 파란 눈의 군인과 카메라가 무섭게만 보여 소리치며 달아나던 그녀였지만, 그 낯선 군인이 떠났을 즈음에는 "Bye, Ra-bert"라고 그녀가 첫 영어를 뇌어리게 된다. 아마도 그 순간이 먼 훗날에 피어나게 될 어린 주인공 나영이의 아메리칸 드림을 예고하는 순간이었는지도 모른다. 여기 또한 동생을 업고 있는 이름 없는 한국 소녀와 카메라맨의 인간애가 일치하고 있다. 이 점이 바로 자유민주국가인 한국과 미국은 서로 떨어질 수 없는 운명을 안고 있지 않을까 하는 생각이 든다.

필자는 거의 70년이 되었을 이 사진을 응시하며 잊혔던 고국의 역사와 정기를 찾았다. 그 이미지를 실어 준 《Tuck Magazine》에 무궁한 감사를 드리며, 마지막으로 노벨문학상 수상 시인인 인도의 타고르(Rabindranath Tagore, 1861~1941)가 한국을 노래한 시 한 편으로 세계의 평화를 기원한다.

동방의 등불

일찍이 아시아의 황금 시기
빛나던 등불의 하나인 코리아
그 등불 다시 한번 켜지는 날에
너는 동방의 밝은 빛이 되리라.

봄철 알레르기와 친절

뉴욕의 5월은 바람 불거나 비 오는 날이 잦더니, 6월에 접어들자 화창한 날씨가 연이었다. 맨해튼 거리는 출근길 인파와 차량이 황금색 햇빛에 출렁이고, 센트럴파크의 울창한 수목들은 무수한 꽃봉오리를 터뜨리며 늦봄의 향연이 한창이다. 그러나 꽃가루 발산도가 치솟고 있다는 일기예보와 함께 알레르기 체질인 나를 괴롭히기 시작했다.

아침 일찍부터 법정 통역 일로 전철을 타고 다운타운 법원에 도착했다. 그런데 오늘따라 워낙 많은 사건이 밀려 있어서 간략한 예심 후에 결국 연기되고 말았다. 기다리는 시간까지 합쳐 거의 세 시간이나 소비됐다.

나는 다시 전철을 타고 미드타운에 올라갔다. 그리고 가벼운 여름철 구두를 하나 살 생각으로 여기저기 둘러보았으나 값이 비싸 세일을 기다리기로 하고 발길을 돌렸다. 차츰 기승을 부리는 공해로 눈이 가려워지고 공복도 느껴져 어느 음식점을 찾아 들어갔다.

이태리 음식점인 그 식당은 깨끗하게 단장된 곳으로, 오후 두 시가 지나 손님들도 많지 않았으며, 적당히 시원했다. 해맑은 피부에 허리께까지 늘어진 갈색 머리를 뒤로 묶은 젊은 웨이트리스가 상냥한 미소로 나를 맞으며 어디든 앉고 싶은 대로 앉으라고 한다. 내가 자리를 잡으려는 순간, 난데없이 터져 나오는 재채기에 가까운 곳 의자에 털썩 주저앉아 탁자 위의 종이 냅킨으로 기침을 한차례 치러 냈다.

미안하다는 내 말에 그녀는 냉수 한 컵과 메뉴를 들고 와서 테이블 위에 놓으며 감기에 걸렸냐고 묻는다. 나는 감기는 아니지만 꽃가루 알레르기가 나를 괴롭힌다며 종이 냅킨이 하나 더 있으면 했더니, 그녀는 "Sure!" 하고 들어가서 큼지막한 냅킨 세 장을 가져다준다.

나는 그녀의 따뜻한 아량이 송구스러울 정도로 고마웠지만 그녀의 퍽 자연스런 태도에 편안한 마음으로 토마토소스 스파게티를 주문했다. 그녀는 곧 바삭바삭한 식빵을 자그마한 소쿠리에 담아 왔는데, 빵이 마치 디저트와 같아서 커피 한 잔을 더 시켰다. 따끈한 커피에 짙은 크림을 섞어서 조금씩 마시며 빵을 먹고 있는데, 김이 모락모락 올라오는 스파게티가 널찍한 접시에 담겨 나왔다.

나는 냅킨을 무릎 위에 펼쳐 놓고 편안하게 음식 맛을 만끽하기 시작했다. 심플하면서 먹음직스런 별미에, 아니면 청결하고 친절한 분위기의 심리적인 반응에서인지 재채기마저 사라졌다. 남은 빵 조각을 소스에 꾹꾹 찍어서 다 먹은 후 반쯤 남은 커피를 마시려는데 커피가 조금 식었기에, 웨이트리스에게 더운 커피 좀 채워 주겠냐고 물었다. 그랬더니 아예 새 커피 잔에 커피를 가득 채워 준다. 만족한 식사를 흠씬 하고 난 후 절로 나오는 한숨을 내쉬고 커피를 홀짝거리는데, 얼마 전에 있었던 일이 떠올랐다.

며칠 전, 나는 코리아타운을 걸어가다가 서울의 한 멋진 동네 이름이 빨갛게 페인트 된 널찍한 유리창 뒤에서 교포 아줌마 세 분이 신나게들 요리하고 있는 식당을 발견했다. 가스레인지 불꽃에 얼굴들이 환하게 상기된 그들의 얼굴에서 무언가 입맛이 당길 듯한 음식 솜씨를 맛볼 수 있을 것만 같아 나는 가볍게 문을 밀고 식당 안으로 들어갔다. 워낙 바쁜 시간이라 그런지 얼마 후에야 누가 접근하며 무엇을 시킬 것이냐고 급한 어조로 묻는다. 나는 편리한 두부찌개를 시켰고, 곧 펄펄 끓는 찌개 뚝배기가 나왔다.

나는 후후 불면서 몇 숟가락을 떴는데, 갑자기 코가 시큰하면서 눈물이 핑 솟았다. 난 속으로 '오랜만의 매콤한 찌개가 나를 향수에 울리는구나.' 하고 눈을 찔끔거리며 쫄깃한 백반과 아삭한 김치를 계속 먹었다. 그런데 느닷없이 재채기가 터지더니 연거푸 열 번쯤 반복되는 게 아닌가! 나는 우선 두 테이블 너머에 앉아 있는 손님들에게 무안스러워 음식을 거의 남겨 둔 채 청구서와 종이 냅킨을 좀 더 달라고 했다. 한 여종업원이 얇은 냅킨 하나를 청구서와 함께 던지듯 놓고 갔다. 그새 눈이 부어올랐는지 한쪽 눈이 잘 보이지 않았다. 팁까지 합해 돈을 꺼내 놓고 계산을 하려는데 또 재치기가 터지려고 했다. 억제하느라고 두 손에 얼굴을 파묻은 채 어깨를 들먹거리며 앉아 있는데, 어떤 남자가 돈을 집으며 말했다.

"아주머니, 여기 이렇게 죽치고 앉아 있을 수는 없잖아요? 밖으로 나가면 재치기가 멈출 테니 어서 나가세요."

나는 그 소리에 발끈해서 "아저씨, 이 집에서는 도대체 두부찌개에 화학조미료를 얼마나 넣습니까?" 하고 항변하고 싶었지만 또다시 몰아치는 재채기가 내 입을 막아 버렸다. 그때 옆에 서 있던 여종업원이 장단 맞추듯이 한마디했다.

"아줌마, 여기 손님들이 이상하게 봐요, 나가 주세요."

나는 더 이상 원인 추궁을 해 봐야 본전도 못 찾을 것 같아 쫓기듯이 그 식당을 나와 바로 옆집인 안경점으로 들어갔다. 교포 점원은 나를 의자에 앉히면서 알레르기성 식중독 같으니 잠시 눈을 감고 안정을 취하라며 얼음 수건을 가져와 눈에 얹어 주고,

한 5분 후에 안약을 넣어 주었다. 개구리눈같이 부푼 눈두덩이가 금방 가라앉을 리는 없다. 결국 나는 그 점원의 자상하고 따뜻한 배려에 이끌려 멋지게 디자인 된 선글라스를 하나 사서 쓰고 나왔다. 전혀 예상치 않았던 지출이었지만 어둠침침한 안경이 나를 좀 더 안정시켜 주는 것 같았다.

이태리 식당의 서비스와 전혀 상반되는 그때 한국 식당에서의 씁쓸했던 기억이 나를 잠시 우울하게 만들었지만 가벼이 털어버리고 웨이트리스에게 계산서를 갖다 달라고 했다. 원하면 더 앉아 있다 가도 된다는 친절한 백인 웨이트리스의 상냥한 말을 뒤로하고 남은 냅킨 하나를 핸드백에 넣은 후, 나는 그 식당을 나왔다.

한층 가벼워진 발걸음으로 넓고 시원하게 뻗어 나간 5애비뉴에 들어서니 마천루 위에 펼쳐진 6월의 창공이 내게는 유난히도 광활하고 푸르게만 보였다.

―《문예사조》 신인상 당선 수필, 서울, 2006. 9

서로 남의 탓만 할 때인가

서울에 사는 조카 손녀 둘이 뉴욕을 방문하겠다고 연락을 해왔다. 반갑기는 했지만 막상 어디부터 안내를 해야 할지 몰라 먼저 일정도 짤 겸 맨해튼 일부를 둘러보았다. 자연사 박물관 주변을 둘러보다 점심때가 되어 나는 식사도 하고, 언니 일행에게 대접할 적절한 음식점도 알아둘 겸 주변의 한 일식집에 들렀다.

반들거리는 작은 문을 열고 들어서자 동양 여자가 미소를 지으며 나를 안내했다. 메뉴를 보니 영어로 표기된 '비빔밥'이 눈에 띄었다. 일본 요리 메뉴에 비빔밥이 섞여 있는 것인데, 미국인들이 볼 때는 그것도 일식으로 이해하겠구나 생각이 들었다.

지글거리는 등심 요리가 시금치와 콩나물에 곁들여 나왔다. 달콤하니 텁텁 상긋한 나물 맛에 혹시 한국인이 주인 아닐까 생각이 들기도 했다. 병정같이 나열된 반듯한 나무판 메뉴들과 작은 일본 인형, 그리고 부엌 입구에 걸려 있는 일본식 커튼 등으로 봐서는 전형적인 일본 식당이었다.

나는 식사가 끝난 후, 조용히 다가와 따끈한 녹차를 채워 놓는 웨이트리스에게 청구서를 부탁하고 화장실에 잠깐 들렀다. 자그마한 하얀 세면대와 변기가 모두 반짝반짝 닦여 있었다. 타일로 된 벽과 바닥도 구석구석 먼지 한 점 없이 말끔히 청소되어 있었다. 세면대 거울이 어찌나 맑은지 오렌지향 비누로 손을 씻으면서 대면한 내 얼굴에는 아리송한 미소가 흐르고 있었다. 그리고 2년 전 일이 상기되었다.

《뉴욕타임스》에 미드타운 한인 상가에 있는 한국 식당에 대한 기사가 실렸다. 우선 대견한 마음에 '이왕이면' 하고 그 집을 찾았다. 가격도 적절했고 쾌적한 분위기에서 식사를 한 것까지는 좋았는데, 그 식당 화장실을 보고 아연실색했다. 나는 식당 매니저에게 말했다.

"죄송하지만, 음식도 좋고 걸려 있는 그림들도 멋있고 서비스도 우수한데, 저 화장실이 어쩌면 그렇게도……."

"아니 이 화장실은 우리 책임이 아니에요! 여기 호텔 측에서 청소를 맡아 줘야 합니다."

매니저가 딱 잘라 말했다.

나는 그 대답에 현기증이 일어나는 기분이었다. '우리 동포끼리 서로 책임 추궁하다가 이렇게 되었구나.' 하고. 《뉴욕타임스》

를 읽고 높은 기대와 호기심에 찾아온 외국 고객들은 어떤 생각을 했을까?

내년(2002년)이면 한국과 일본이 공동으로 월드컵을 개최한다. 한국축구협회의 꾸준한 노력과 국민의 성원으로 또 한 번 지구촌 방문객들이 우리 한마당에 모일 것이다. 관광객들이 얼마나 찾아들지는 모르나 그 기회에 황금알을 탄생시킬 수 있느냐는 우리 백의민족 개개인에 달려 있다고 해도 과언이 아니다. 물론 편리하고 안전한 현대 시설과 인프라도 필수적이나, 전국민이 코리아의 이미지를 걸고 철저한 공공질서와 청결 및 친절성을 발휘하여 모든 방문객들을 참신하게 대해 주면, 그들이 돌아갈 때는 "또 다시 오겠노라!(We will be back again!)" 하고 떠날 것이다.

지구촌 TV 화면에 가득 찬 치맛자락 같은 기와지붕들, 무궁화 꽃 피듯 화사한 한국인들의 미소. 내년의 월드컵은 우리 삼천리 강산이 세계 굴지의 관광지로 자리잡을 수 있는 유일한 기회일지도 모른다. 이 영광은 월드컵 우승국이 되는 것과 맞먹지 않을까?

독도에 띄우는 편지

나는 미국 이민생활 30여 년 되는 교포로서 지난 2월 17일자 《뉴욕한국일보》사회면에 실린 〈독도 '이웃사촌' 생긴다〉를 읽고 감개무량했다. 김성도 씨 부부와 시인 천부경 선생님께 감사하며, 그분들의 독도 정착의 길을 열어 주신 해당 정부기관에도 감사드린다.

내가 뉴욕에서 6·25전쟁 53주년을 맞는 날이었다. 오전 11시가 넘어서 외출하느라 라디오를 끄려고 하는데, 마침 어떤 대공영방송의 호스트가 동남아 정세 전문가를 모시고 한국동란에 대한 좌담을 시작하고 있지 않겠는가. 나는 반가운 마음에 서서 귀를 기울였다. 대충 들리는 말인즉, 한국전쟁은 김일성의 침략으로 발단했는데 3년 후에 휴전선으로 그어진 한반도의 38선은 반세기 지난 오늘날 이 지구상에서 가장 험악하고 유일한 분단지로 남아 있으며, 그 아들 김정일의 북한은 현재 최소 두세 개의 핵폭탄을 소유한 것으로 추측되고, 그의 핵 확산을 제지시키지 않으면 동남아 내지 세계 안전에 위험한 존재가 될 것이라는 등 등. 사실 틀리는 말은 아니었다. 하지만 우리 한반도 특유의 복잡다단한 역사와 정세를 수박 겉 핥기식으로 표현하고 있는 것 같아서 가슴이 답답해 왔다. 마침 그때 그 호스트가 말하기를, 청취자들의 전화를 환영한다며 번호를 대주지 않겠는가. 나는 내심 어떤 박식한 교포가 전화 좀 해서 시원하게 우리 입장을 설명해 주었으면 했다.

그런데 곧 이 프로그램이 끝날 것이라 생각되는 순간, 나도 모르게 수화기를 집어 들고 떨리는 손으로 번호를 돌리고 있었다. 내 전화 신호가 계속 울리는 소리와 내 가슴이 쿵쿵 뛰기 시작하면서 나는 '도대체 무슨 말을 어떻게 하겠다고 내가 이러지?' 하고 전화를 포기하려던 차에, 어떤 차분한 남성의 목소리가 '연결되었으니 시작하라'고 하지 않겠는가. 그 말에 눈앞이 캄캄해지는가 싶더니 갑자기 내 입에서 말이 흘러나오기 시작했다. 우습게 들리겠지만 아마도 수호천사가 급히 임해 준 것 같다.

"안녕하십니까? 저는 뉴욕의 코리안 아메리칸인데, 지금 미국 청취자들 중에 한반도의 38선은 한국동란 때 생긴 것이 아니고 전쟁이 발발하기 5년 전에 미국과 소련에 의해 일방적으로 그어 놓은 분단선이라는 사실을 아는 분이 계신지 모르겠습니다.

한국은 36년간 일본의 식민지로 억압되어 있다가 2차 세계대전 후 일본이 철수할 때, 미국은 한국 대표자 한 사람도 개입시키지 않고 일방적으로 한반도를 갈라 놓았는데, 그것이 바로 38선이 었습니다. 일본은 옛날부터 조선을 침략하고 우리 문화재를 약탈해서 일본 이름으로 명명해 놓고 자기들의 소유물이라고 공표하는 등 역사를 왜곡하곤 했습니다. 또한 우리 '동해'를 '일본해'라고 명기하고, 우리 영해에 있는 '독도'를 '다케시마'라고 부르며 자기네들 섬이라고 주장하고 있습니다. 또한 미국은 북한의 핵문제를 대대적으로 이슈화하고 있지만, 일본은 지난 10여 년간 대량의 플루토늄을 축적해 왔고, 언제라도 다량의 핵폭탄을 생산할 수 있는 만반의 준비가 되어 있지 않습니까? 그럼에도 남한은 투철한 민주국가로 성장해 왔고, 미국의 성실한 우방국으로서 이바지해 왔습니다. 미국은 한반도의 평화적인 통일의 길을 도모하고 기여해 주어야 할 도덕적인 의무를 지고 있다는 사실을 알아 주십시오! 감사합니다."

나는 전화를 끊자 묘한 눈물이 왈칵 솟았다. 아마도 타향살이에서 백발이 무성해지니 고국이 무척이나 사랑스럽고 그리워졌나 보다. 한편, 악센트가 다른 영어로 두서없게 들렸을 나의 호소를 끝까지 들어 준 그 호스트가 무한히 고마웠고, 이 소시민의 목소리가 전파를 탈 수 있었던 미국의 민주 사회도 고마웠다.

대한민국의 독도여, 이제 한민족의 한없던 눈물로 천년 기다려 준 그대의 이끼 덮인 얼굴 씻게 되었으니 그대의 찬란한 등대 불로 백두산에서 한라산까지 밝게 밝게 비춰 주고, 김 씨 부부·천부경 시인 그리고 그대 찾아 주는 모든 애국자들 신의 축복 받으시고, 건강 무궁하시옵소서!

　　―《이화거울》, 2006. 3

어느 교포 상인의 미소

　그날은 겨울철인데도 퍽 화창하고 따스한 날씨였다. 변호사로부터 증인 심문회의 통역을 맡아 달라는 요청을 받고 나는 전철을 타고 브루클린으로 향했다. 회의는 열 시에 시작하는데 아직 15분쯤 남았기에, 나는 그 사무실 건너편에 있는 아담한 커피숍에 앉았다 가기로 했다. 마침 북적이는 시간이 지나 손님도 뜸하여 잠시나마 조용한 분위기에서 따끈한 커피와 밀빵을 즐길 수 있었다.

　정시에 변호사 사무실로 올라갔다. 그 사무실 회의실에는 널찍한 탁자를 둘러싸고 어느 남자 속기사와 두 명의 변호사들이 무슨 이야기들을 하고 있었다. 그들 한쪽에 50대로 보이는 한국인 남자분이 묵묵히 앉아 있었다. 내가 그들에게 미소로 인사하니 그중 한 변호사가 의자를 권하였다. 나는 고맙다고 하고, 코트를 벗어 내 의자 등에다 걸쳐 놓고 편하게 앉았다. 곧 출석자들의 간단한 소개가 있은 후 중인 심사에 들어갔다.

문제의 사건은 한인이 경영하는 H청과상이 '마고스'라는 고객으로부터 사고 상해로 고소를 당한 일이었는데, 그날은 원고가 허리를 다친 후 아직도 거동이 불편하다는 이유로 그쪽 변호사만 출석했다. 피고 측은 내 정면으로 변호사 옆에 앉아 있는 문제의 가게 주인 H 씨였다.

우리 청과상들은 이미 80년대 초기부터 뉴욕에 밀려 들어오기 시작하면서 미국 상법과 주민 정서 파악이 역부족이었고, 문화적 또는 인종적 이질감으로 인한 주민들의 냉대로 뼈저린 고난과 시련으로 마치 전쟁터에서 고전하듯 살아야만 했다. 그뿐이랴. 한인 업소끼리의 경쟁은 물론 수없이 당하는 절도 행위, 이 핑계 저 핑계로 날아오는 위반 티켓 등, 그리고 가차없이 치솟기만 하는 렌트비를 감당하느라 마천루 상공의 비단같이 펼쳐진 푸른 하늘도 쳐다볼 겨를 없이 밤낮 일만 해야 했다.

그런대로 세월은 거센 강물같이 흘러가 1990년대 중반을 넘어서는 그날에 만난 H 씨는 이미 어느 정도의 사리를 파악하고 오신 분인지 단정한 옷차림에 초조한 기색도 보이지 않았다. 다만 피곤 때문인지 눈이 약간 충혈되어 있었고 표정이 좀 굳어 있었지만, 원고 측 변호사의 깐깐한 질문에 대답하는 H 씨의 어조는 정중하고 분명했다. 어떤 사실 내용을 기피하려 횡설수설하거나 중점을 빼고 이리저리 돌아가는 식의 대답도 아니었다. 덕분에 통역인 나 역시 차분한 집중력으로 내 임무에 충실할 수 있었다.

　H 씨의 증언을 간단히 요약하면, 부슬부슬 비 내리는 어느 날 H 가게 입구에 풀썩 주저앉아 있는 어느 뚱뚱한 할머니를 캐쉬대 뒤쪽에서 보았는데, 본인이 그 할머니의 넘어지는 소리를 들었거나 그 상태를 목격하지는 못했다고 했다. 또한 그 할머니는 앰뷸런스 호출을 요구하지 않았고, 결국 H 씨가 부축하여 일어섰으며, 옆에 떨어져 있는 지팡이를 짚고 가게를 떠났다고 했다. H 씨는 그 할머니가 전에 몇 번 왔던 고객이었으나 그 일이 있은 후 두어 달 보이지 않다가 갑자기 거액의 상해 보상을 요구하는 소장이 날라와서 결국 자기도 변호사를 의뢰하여 이 증언회에 왔다고 했다.

　시종일관 정중한 자세로 대답하는 H 씨의 태도에 원고 측 변호사도 무차별 공격은 하지 않았으나, 같은 질문을 혼동스럽게 반복하면 H 측 변호사는 거기에 대응하여 변호사들 간의 항의가 심심치 않게 오고 가면서 그날 회의는 두 시간 내로 끝났다. 결국 알게 되었지만 다행히 H 가게는 사고 보험에 들어 있어서 어느 정도 마음의 여유를 갖고 임할 수 있었던 모양이었다.

　나는 모두에게 인사하고 회의실을 나가는데 H 씨가 나에게 수고해 주어 고맙다며 한마디 덧붙였다.

"제 아내와 하루도 쉬는 날 없이 한 10년을 가게에 매달렸는데… 아휴, 갈수록 더 힘들어지는 것 같습니다. 건강만 허락한다면 몇 년 더 버텨야 하는데 걱정입니다. 다행히 제 둘째 아이가 내년에 펜실베니아대학을 졸업하게 됐어요."

H 씨는 씽긋 웃는다. 지극히 순간적이었지만, 그의 눈 언저리에 깊게 파진 주름 따라 흘러간 자랑스런 아빠의 미소는 한겨울날 예고 없이 찾아온 봄 날씨 같은 훈훈함이 물씬 풍겼다. 한인상가 아저씨들이 미소 지으면 저렇게 친근하고 멋진데, 그 미소에 좀 더 후하면 하루하루가 한층 더 밝고 수월해질 수 있지 않을까 하는 생각이 언뜻 들었다.

－《한국일보》, 뉴욕, 2008. 8. 21

영원한 친절

지난 연말의 송년 파티가 엊그제 같은데 금세 설날이다. 가족의 소중함을 느끼고 고마운 분들께 한 해의 만복을 기원하는 우리의 명절, 우리 고유의 새해를 맞으며 지난 연말 파티 때 경험한 작은 친절을 상기해 본다.

나는 남편과 조용한 시간을 보낼 수도 있겠지만서도 문득 내가 파티를 한번 열어 보자는 생각이 들었다. 나는 쾌히 승락하는 남편에게 여기저기 초대 전화를 해 달라 하고, 다음 날 나는 파티 음식을 장만하기 위해 식품점에 갔다.

이리저리 기웃거리다 맨해튼 콜럼버스 애비뉴의 어떤 치즈 가게에 들어갔을 때다. 50세가 넘어 보이는 멋스러운 주인 여자는 나의 얼굴에서 초조하고 긴박한 심리를 알아챘는지 얼굴에 화사한 미소를 지으면서 커피 한잔을 건넸다. 무슨 도움이 필요한지 좀 마시고 이야기를 하란다. 나는 고맙다고 커피를 홀짝홀짝 들이켜며, 실은 파티를 한다고 말해 놓고 무엇부터 시작해야 될지 모르겠다고 고백했다. 그녀는 우선 손님이 몇 명쯤 될 것이냐고 묻더니 유리통에 가득한 치즈를 하나씩 꺼내 얇게 한 입 크기로 잘라 시식을 해 보라고 권했다. 어떤 종류의 와인이 어떤 치즈에 걸맞으며, 어떤 빵이 적절하고, 빵과 치즈를 어떤 식으로 잘라야 하며, 또 파슬리를 살짝 뿌려 색깔을 주고, 큼직한 포도송이를 잊지 말라는 등 자세한 설명을 해 주지 않겠는가. 자기 집 물건을 사야만 한다는 권유는 한 마디도 없다. 마치 자신의 파티를 계획하는 양 즐겁게 20분의 시간을 나에게 베풀어 주었다. 결국 나는 이것저것 얻어먹고 식품을 누런 봉투에 채워 들고 가게를 나왔다. 그녀의 친절과 격려로 인한 자신감은 그 무엇과도 비교할 수 없었다.

이틀 후, 나는 몇 가지 따로 준비한 음식을 곁들여 열두 명의 손님들과 흐뭇한 송년 파티를 치를 수 있었다. 그들 중 대부분은 한국인으로부터 처음으로 초대받은 사람이었다. 나는 무엇보다 그들에게 한국인의 정과 따뜻함을 베풀어 줄 수 있었음에 흐뭇한 기분이었다.

머지않아 한국과 일본에서 월드컵이 공동 개최된다. 이미 일본은 자국 관광 캠페인을 몇 년 전부터 시작했다. 그런데 한국의 캠페인은 어디에 숨어 있는지 아직도 한국에 대한 인식도가 동남아 타국들에 비해 월등히 낮다. 이런 와중에 부시 대통령이 국정연설에서 북한을 '악의 축'으로 선포, 덩달아 한국에 대한 미국인들의 이미지마저 나빠지지는 않을지 걱정이다. 미국의 이민역사 100주년을 맞이한다는 우리 동포들에 대한 인식 역시 미국 사회에서 낮은 것이 현실이다.

다가오는 월드컵은 우리의 조국 한국과 동포들의 이미지를 향상시킬 수 있는 좋은 기회라고 생각한다. 우리 모두 한국인의 친절과 따뜻함으로 한국을 홍보하고, 더불어 미국 사회에서 동포들의 지위를 향상시키는 일에 힘과 지혜를 모아야 할 것이다. 내가 치즈 가게에서 경험한 친절을 아직도 잊지 못하는 것처럼.

―《중앙일보》, 뉴욕, 2002. 2. 11

잊힌 전쟁을 기억하며

나는 1950년 6월 25일 초여름 밤을 새삼스레 기억한다. 우리 집 지붕 처마 끝에서 가끔 스치는 잔바람에 딸랑거리는 풍경 소리가 자장가인 양 단잠에 빠지는데, 갑자기 요란한 폭음 소리에 나는 소스라치게 눈을 떴다. 나중에 알았지만 이북에서 쳐들어 오는 북한군을 막기 위해 남한의 공군이 한강 다리를 폭격한 것이었다. 바야흐로 6·25 한국동란이 터진 순간이었다.

결국 무서운 파괴와 혼란 속에서 그 후 3년간 지속된 전쟁으로 인해 수백만 명의 인명이 사라졌고, 수십만의 고아와 이산가족이 생겼다. 하지만 미국에서는 한국전쟁을 흔히 '잊힌 전쟁(Forgotten War)'으로 일축해 버리곤 한다.

1953년 남한과 북한은 어떤 평화의 기약도 없이 휴전 조약을 맺고, 지구상에서 가장 험악한 비무장 지대를 사이에 두고 서로 총대를 겨누고 서게 되었다. 그러자 미국의 복음 전도사들이 성경책을 끼고 남한으로 밀려왔고, 그중에는 훤칠한 외모의 젊었던 빌리 그레이엄 목사도 있었다. 그런가 하면 남대문 암시장에 미국 물건이 쌓이고, 명동 극장에는 미국 영화가 홍행하기 시작하면서 남한은 미국에 걷잡을 수 없이 매료(?)되고 말았다.

무참히 흘러간 세월을 타고 나는 지금 미국인답지 못한 시민으로 오늘 저녁도 미 전역에서 일어나는 사건을 뉴스를 통해 접한다. 마침 부시 대통령의 백악관 기자 회견에서 '북한 문제'가 언급되었다. 부시 대통령은 북한이 6자 회담에 임하지 않는다면 그들을 국제 무대에서 고립시켜야 한다고 재차 다짐했다. 이와 같은 언급에 나는 북한에 고립된 채 소리없이 죽어가는 기아 아동들과 노인들의 허한 모습이 상기되어 눈물이 핑 돌았다. 아니, 감성적인 슬픔보다 어떤 아릿한 분노감이었나 보다.

나는 내 자신에게 물었다.

'우리는 5천 년간 하나의 조상과 같은 언어를 가진 국민들로, 왜 이렇게 서로 격리되어 왔어야 했나? 옛 조선 왕국의 군자 정신으로 인류의 안녕을 선호하는 백성들이라 하여 '홍익인간'으로 불리던 한민족이 어찌하여 이렇게 험난하게도 반세기가 넘도록 두 쪽으로 갈라져서 살아야만 했나?'

한국인들은 일제 강점기였던 근 40년간 이미 격리된 상태에 있었다. 또한 2차 세계대전이 끝나면서 일제의 탄압에서 해방되기 며칠 전에 미국은 한국 대표자 한 명도 없이, 한국인과의 어떠한 상의도 없이 일방적으로 38선을 그어 한반도를 분리해 놓았다. 지금 생각하면 아마도 그 분리선은 한국 동란의 운명적인 전조였는지 모르겠다. 또한 이 전쟁은 미국과 일본에게는 역사적으로 전례없는 경제 부흥의 계기가 되었던 것도 사실이다. 그나마 우리의 운명에는 전능한 신의 축복이 기약되었는지, 남한은 국내외 파란만장한 정세에도 불구하고 미국의 우방국으로 민주주의를 바탕으로 줄기찬 성장을 해 왔다.

한편 김정일은 혹독한 스탈린주의의 김일성 승계자로, 지금은 핵무기까지 제조 보유하며 미국과 대치하고 있다. 물론 세계 강국의 핵 보유 규모와는 비교도 안 되지만, 북한의 핵 문제는 세계를 떠들썩하게 하고 있다. 그리고 이 같은 혼란을 이용하여 일본은 우리 고유의 영토인 독도를 노리고 온갖 계략을 획책하고 있지 않은가. 북한은 지금도 비밀의 장벽에 싸여 독재 정치와 쇠사슬에서 허덕이고 있지만 미국에 큰소리를 치면서 독자 회담을 요구하곤 하였다. 그때마다 부시 정권은 냉소와 적대적인 말로 일축해 왔다. 그런데 김정일은 최근 남한의 각료들과 회의를 갖고 7월쯤 6자 회담에 대표단을 파견하겠다고 공표했다.

이번 6월 25일은 한국전쟁 55주년을 맞는 날이다. 또 60년 전 이맘 때 8·15해방을 맞았다. 당시 고향의 흙냄새도 맡지 못하고 이 세상을 떠난 영혼들에게 다시 한 번 깊은 애도의 뜻을 전한다.

이 같은 역사의 중요한 시점에서 '해방'이라는 의미가 우리 한반도에 어떻게 작용했는지 슬픈 기억 속에 되살아난다.

돈 오버도퍼 씨는 그의 저서 『두 한국인(The Two Koreans)』에서 한 정부 요원의 말을 인용해 이렇게 말했다. "미 정부가 책임져야 할 중요한 일 가운데 하나는 한국의 분단만큼 큰 책임은 없을 것이다."

한국 그리고 미 동포 젊은이들이여, 연로한 부모님의 숨은 비탄과 노고를 위로하고 한반도의 평화와 안녕을 기원하자. 나아가 세계의 안정을 우리 홍익인간의 정신으로 이룩하자고 다짐해 보자.

—《중앙일보》, 뉴욕, 2005. 6. 25

우리 언어의 어떤 슬픈 여운

　그날은 한여름 맹렬했던 햇살의 온기가 채 가시지 않은 9월 말 저녁이었다. 나는 작은 냄비에 쌀을 앉혀 놓고 부엌 창가로 다가갔다. 마천루 너머의 분홍빛 하늘에는 비단천 휘날리며 춤추는 무희 같은 석양이 만발하고 있었다. 나는 신기루에 홀린 양 창문을 밀어 올리고 창공을 더듬었다.

　도미한 지 근 20년, 나는 그 노을 속에서 옛날 수유리 뒷산의 소박한 오솔길을 산책한다. 그리고 익어가는 밥 냄새에서 어머님 품속을 상기한다. 하지만 내 부모님은 이제 저세상으로 떠나셨고, 수만 리 떨어진 이국의 창가에서 밀물같이 솟아나는 추억에 잠겼지만, 사랑스런 형제들의 모습과 수유리 오솔길은 잠깐 비추는가 싶더니 영영 사라지고 만다. 나는 얼굴을 떨어뜨리며 옆에 펼쳐 놓은 어느 교포 일간지를 훑기 시작했다.

"자기 망신, 주변 정리 안간힘. 아르젠틴 교민 4월 사태 1주년"
이라는 표제가 성큼 눈에 띄었다. 몇 해 전의 브루클린 사태, 아
니 지난해의 로스앤젤레스 한국타운 전멸 사태가 아직도 생생한
데, 이제 또 무슨 일이? 나는 공포심에 흐려진 눈으로 계속 기사
를 읽어 갔다. 요약한 내용인즉, "행인의 불편은 아랑곳 없이 가
게 상품을 무조건 인도에까지 진열해 놓고 간단한 한글로만 표
기한다. 영수증은 아예 주지도 않고, 문제가 닥치면 뒷돈으로 해
결하려고 하고, 이웃과는 인사 한 마디 없다."라고 적혀 있었다.

나는 생각했다. 나 자신 일개의 재미교포로서 한국인의 무수
한 전통문화, 그리고 교포들의 숨은 미덕과 교양을 감지 못 할 리
없다. 더욱이 지난 15년간을 법정 통역관으로 임해온지라 우리
교포들의 뼈를 깎는 현실과의 투쟁을 어찌 모를 수 있으랴. 허나,
세계 대도시에서의 이 한결같은 불평을 단지 외국인들의 터무니
없는 오해와 편견의 소리로만 단정할 수 있을까 하는 의문을 금
할 수가 없었다. 동시에 나의 심정은 알지 못할 분노와 수치심에
엇갈려 가슴이 뿌드득 조여짐을 느꼈다. 그리고 몇 달 전의 한 사
건이 상기되었다.

어느 남부 도시 형사 법정에서의 일이다. 어느 교포가 고리대
금업을 하다가 채무자들에게 공갈 협박한 혐의로 재판을 받게
되었다. 증거물로는 빚 독촉 전화가 녹음된 수십 개의 테이프가
소개되었다. 그 전화 중에 채무자들 연령이 어리거나 허물없는

친구지간도 아닌데 채권자의 입에서 '이×, 저×, 망할×' 등 비슷비슷한 용어가 밥 먹듯 튕겨 나왔다. 개인의 품성과 교양, 또는 대화 분위기 등을 고려할 때 그 어휘는 욕설이 될 수도 있고 아닐 수도 있다. 마침 검찰 측에서는 공정성을 기하기 위해 또 한 분의 번역인을 채용했는데, 그분의 의견도 채권자의 횡폭한 억양과 대화의 문맥을 보면 욕설은 욕설이라고 동감하였다. 결국 우리는 들리는 그대로 번역을 하기로 하였다. 그런데 전혀 예기치 못한, 아니 어처구니없는 일이 벌어졌다. 피고 측 변호사가 최초 변론에서 경고하기를, "배심원들께서는 이×, 저×, ××× 등 수없이 반복되는 테이프를 들으시게 될 것입니다. 그러나 여러분이 명심해야 할 것은 한국어란 원래 언어 자체가 난폭한 언어이기 때문에 이런 용어는 한국인들이 즐겨 쓰는 일상어일 뿐 피고가 협박조로 사용한 욕설이 절대 아니라는 점을 명심하십시오."라고 선언하지 않는가! 더욱이 그 변호사는 한국말을 구사하지 못하는 외국인이었다.

그의 변론이 끝나자 법정은 정적에 싸이고, 파랑 눈·갈색 눈의 배심원들 얼굴에는 야릇한 미소가 스쳐 갔다. 그 정적과 미소 속에서 나는 우리 언어뿐만 아니라 단군의 넋, 아니 우리 민족성이 짓밟히는 치욕의 순간을 맛보았다. '횡폭하다'는 언어, 몇 배로 불어난 빚을 불량스럽게 독촉하는 채권자, 아니 그 빚을 갚기는커녕 독촉 전화를 녹음하여 검찰에 밀고한 채무자들의 기교에 대한 조소였나? 아니면 고액의 변호사비를 정당화시키랴 수단 방법을 가리지 않는 악덕 변호사의 비열한 술책에 대한 혐오의 미소였나? 허나 그 변호사만을 탓할 수도 없지 않는가—피해자나 피의자 모두가 우리 동족인 것을.

2년 전만 해도 맨해튼의 교포 가게는 몇 개 안 되었다. 이제는 할렘에서 강행군으로 장사하다 성공한 청과상들이 맨해튼 중심부로 진을 치듯 몰려 왔다. 그러자 넓지도 않은 인도가 한층 더 좁아졌다. 시에서 특별히 허용해 준 4피트도 불만인 양 불쑥불쑥 서로 경쟁하듯 좌대를 밀어놔 행인들이 오히려 차도로 밀려 나갈 정도다. 그것도 모자란지 어떤 주인은 아예 좁은 인도에서 팔짱을 끼고 넘나드는 고객들을 인사는커녕 노려만 보고 있는 경우도 보았다. 물론, 태반의 교포 상인들은 그 어느 민족보다 공정한 상도덕으로 가게를 꾸미고 경영한다. 문제는 다수의 선행보다 소수의 부주의가 타인의 눈에 돋보인다는 것이다.

뉴요커들은 지극히 개인주의로, 불만이 있어도 할렘이나 브루클린 주민들 같은 농성이나 훼방은 없을 것이다. 허나 그들의 차가운 침묵은 그 어느 외침이나 야유보다 더 무섭고 강력한 배척의 침묵임을 부인할 수 있겠는가!

'아르헨티나 교민 사태 1주년……'

갑자기 무언가 타는 냄새가 났다. 냄비 밥이 뜨겁다고 비명을 지르고 있었다. 나는 후닥닥 일어나 가스 불꽃을 내렸다.

어느덧 마천루의 길고 좁은 하늘에는 화려한 무희도 사라졌고, 어둠의 커튼이 내리고 있었다. 그 어둠의 커튼은 우리 언어의 어떤 슬픈 여운을 남기고 무겁게 무겁게 내려지고 있었다.

어느 소녀의 흐트러진 여정

아침 9시 30분에 퀸즈 대법원에서 어느 교포의 증언 심문이 있으니 통역을 해달라는 부탁 전화가 왔다. 나는 서둘러 외출 준비를 하고 집을 나와서 전철을 타고 퀸즈로 향했다. 내 옆쪽에는 한 젊은 흑인 남자가 앉아 있고, 그의 맞은편에는 젊은 동양 여자가 앉아 있었다. 그 외에 한 3, 4명의 승객이 드문드문 앉아 있었다. 나는 종이컵에 담긴 커피를 마시며 앞으로 한 25분 동안 앉아 있을 것을 예상하고 있는데, 그 젊은 흑인 남자의 목소리가 들렸다.

"You look pretty!(아가씨 예뻐요!)"

고개를 들어보니 그가 맞은편에 앉아 있는 동양 여자에게 하는 말이었다.

"Thank you! You made my day!(칭찬해 주서서 고마워요!)"

그녀는 섬칫 놀랍다는 양 싱긋이 웃으며 이렇게 말하지 않는 가. 젊은 흑인 남자는 미소로 대꾸하고 침묵을 지키고 있었다.

나는 그 젊은 동양 여자를 조용히 쳐다보았다. 그녀의 헤어스타일은 남자형같이 뒷목덜미 쪽으로부터 귀까지 삭발식으로 깎고, 그 위는 짧은 단발식으로 덮여 있었다. 어딘가 남성기가 있는 인상은 아마 그 헤어스타일로 인한 것인지는 모르나, 그녀의 얼굴은 화장기가 전혀 없었고 안경을 쓴 채였다. 그 평범한 안경 뒤에는 단발형의 눈이 인상적이었고, 약간 높은 광대뼈와 짙은 눈썹이 이색적이었다. 그녀의 복장은 검은 옥양목 짧은 바지에 평범한 티셔츠를 입었는데, 뽀얀 무릎과 다리가 밉지 않게 보였다. 신발은 검은 운동화였고, 목양말을 신고 있었다. 전체적으로 길고 섬세한 뼈대를 지닌 형이었는데, 아무렇게나 봐도, 예쁘게 보이려고 시도하지 않은 상태에서도 그녀의 늘씬하고 예쁘장한 자태는 아마도 그 흑인 남자가 이미 포착했을 것이 사실이었다. 그 흑인 남자 역시 깨끗한 셔츠에, 무엇인가 지적인 형이었다.

전철이 '삐걱' 하더니 멈추고 문이 열렸다. 그 흑인 남자는 그녀에게 미소를 한 번 던지고는 전철에서 걸어 나갔다.

전철이 다시 철컥철컥 달렸다. 나는 그녀가 아마도 한국 여자일 거라고 생각하고, 그렇다면 동양 여자로서는 꽤 대담한 스타일을 하고 있구나 생각하며 눈을 감고 앉아 있었다. (지금 덧붙이지만 그녀의 가냘픈 목에는 시계 밴드 같은 얄팍한 가죽 쵸크(Choke)

를 하고 있었다.) 헌데 조금 후에 그녀가 자리에서 일어나 나에게 34스트리트의 'L가'가 어느 정거장이냐고 영어로 묻는다. 나는 내가 자주 왕래하는 형사 법원 정거장 외에는 퀸즈 구역에 대해 그리 아는 바가 없었다. 그래서 그녀에게 잘 모르겠으나 어느 특정한 장소로 가는 중이냐고 되물었다. 그녀는 사회복지 사무실(Welfare Office)에 가서 취소해야 할 일이 있기 때문이라고 대답했다. 나는 그녀의 유창한 영어 실력과 젊고 단단한 체격으로 봤을 때 무슨 문제로 빈곤자 보조금을 타는지 의문이 생겼다. 그녀의 대답에 그러냐 하고는 나는 잠깐 침묵했다가 다시 물었다.

"아니, 그 웰페어 수표를 왜 취소해야 하지요?"

그녀는 언니 집에서 묵고 있는데, 언니가 집에서 나가라고 해서 어디라도 나가야 하기에 웰페어 수표를 받을 주소가 없기 때문이라고 한다. 나는 언니 댁이 어디에 있으며, 무엇을 하시느냐고 물었다. 언니는 기혼자로, 남편은 가게 하나 운영하고 있고 어린 자녀가 둘 있으며, 가정주부로서 부동산업에 파트타임으로 일하고 있는데 집이 굉장히 크다고 한다. 나는 다시 물었다.

"그런데 왜 언니는 구태여 아가씨를 나가라고 하나요?"

그녀는 사내같이 짧게 깎은 머리 뒤통수를 손바닥으로 한번 어루만지며 말했다.

"언니는 제가 꼴 보기 싫대요."

나는 그녀의 헐렁한 짧은 바지와 셔츠를 곁눈으로 잠깐 보고 또 물었다.

"아니, 아가씨가 어떻게 했길래 집에서 나가라고까지 해요?"

"언니는 저의 사사건건이 마음에 안 든대요. 제 언니는 저보다 세 살이 많은데, 저하고는 모든 것이 정반대예요. 전형적인 한국 주부형인데, 아마 어떻게 보면 저의 자유스러운 면을 질투하는 것 같아요."

"어떻게 자유스럽다고요?"

또 한 번 묻는 내 물음에 그녀는 "픽" 하고 미소를 띠며 말했다.

"저는요, 한 번 결혼했었어요. 어렸을 때 한국에서 자라고, 일본 남자와 결혼해서 일본에서 6년 살고 이혼한 후 미국에 왔어요. 지금 한 6년쯤 되는데, 저는 미술을 하려고 여기에서 학교에 좀 다녔어요."

그러고 보니 그녀가 들고 있는 얇은 플라스틱 백 안에는 넓적한 캔버스와 미술 용구가 들어 있는 것이 언뜻 보였다.

"그런데 이제는 학교도 그만둘까 해요."

우리 사이에 침묵이 흘렀다. 전철은 몇 개의 작은 정거장을 이미 거치고 철컥철컥 달려갔다. 나는 그녀의 막 잘라 낸 단발머리와 기다란 목에 감긴 강아지 목대 같은 쵸크, 늘씬한 허벅지가 나 몰라라 하는 듯이 드러나는 허술한 짧은 바지, 그리고 아무 노여움 없이 털어내는 사적인 이야기 등이 전철에 울리는 산울림 같이 불안하고도 정적인 흐느낌같이 느껴져 그녀에게 나의 명함을 내밀었다.

"여기 제 번호가 있어요. 시간 있는 대로 전화해 주세요. 제가 글을 좀 쓰는데, 아마 몇 점의 작은 삽화가 필요할지도 몰라요. 혹시 미술을 하신다니 한번 만나서 얘기할 수 있으면 좋겠어요. …한데 될 수 있으면 받으실 수표를 아직은 취소하지 마세요. … 아, 저는 내려야 해요. 하지만 우리 일단 같이 내려서 컨덕터에게 길을 물어봅시다."

나는 서둘러 열리는 전철 문에서 후딱 나갔다. 그녀도 따라 나오며 고맙다고 한다.

마침 밖에 서 있는 전철 순방 요원에게 다가가 "Do you know where I should go to go to…?(길을 좀 묻겠는데요?)" 하고 묻는 그녀의 목소를 들으며 나는 총총히 지하철 층계를 오르기 시작했다.

Photo Credit **Konrad Monroe**

시카고에서

    나는 겨울이 깊숙이 스며 온 어느 일요일 오후 시카고에 도착해 전설적인 파머호텔(Palmer Hotel)에서 짐을 풀었다. 시카고 연방 형사 재판의 한국인 피고 통역을 맡아 달라는 법정 청탁으로 오게 된 것이다. 그 며칠 전에 법정 인사과 직원인 수잔으로부터 한 2주간 계속될 공판이라는 전화를 받았다.

    어느덧 일주일째 되는 오늘, 나는 여기 낯선 의자에 앉아 펜을 들었다. 이곳은 파머호텔이 아닌 인터컨티넨탈호텔로, 저녁 후 산보를 하다가 들른 곳이다. 스위스계 호텔로, 로비에 들어서자 우아하고 고풍스런 화려함이 나를 매료시켰다. 검은색과 금빛 청동으로 장식된 정문을 들어와 양쪽으로 놓인 두꺼운 카펫으로 단장된 계단을 올라가면 분홍색과 초록색, 그리고 오렌지색 계통의 자연 대리석으로 덮인 벽에는 신화에 나오는 사자상들이 새겨져 있고, 금빛 난간으로 둘러싸인 좁은 홀을 지나면 또 하나의 실내로 들어오게 된다. 그 홀 양쪽으로 또 하나의 계단이 뻗쳐 있고, 푸른 꽃을 들고 있는 동상이 움푹 파인 벽에 서 있다. 이 양쪽 계단 꼭대기는 하나의 베란다를 향해 서로 만나게 되는데, 이 베란다는 붉은빛과 초록색 꽃들이 만연한 홍미색 바탕의 카펫으로 덮여 있다.

그 마루에는 아담하고 둥그런 밤나무 탁자가 놓여 있고, 그에 어울리게 자그마한 두 개의 의자가 놓여 있다. 천장으로부터 육중하게 매달려 있는 청동 샹들리에를 향해 나는 그중 한 의자에 앉았다. 샹들리에에 맞은편 벽 쪽에는 작은 대리석 분수가 있고, 분수에서 떨어지는 물소리가 중세기의 속삭임인 양 음악같이 들려왔다.

이 베란다 양쪽으로 또 한 쌍의 작은 계단이 뻗쳐 있는데, 이 계단은 푸른빛 커텐이 높은 프렌치 유리창을 장식하고, 오색찬란한 무도장으로 통했다. 이 중세기 무도장은 유럽 왕족의 기풍이 짙은 서정을 안겨 준다. 얼마나 많은 금발 미인들이 그들의 풍신한 몸매로 황태자의 품안에 안겨 돌고 또 돌고 했을까 가상도 되었지만, 그들 또한 인생의 아이러니한 운명을 피할 수는 없었으리라 생각도 되었다.

마침 그 순간 누가 이야기를 하며 계단을 올라오는 소리가 들려 나는 의자에서 일어나 다른 한쪽 계단을 밟고 내려와 밖으로 향했다. 벌써 이른 저녁의 황혼이 나를 안아 주었다.

무제

"오, 당신 머리가 희끗희끗하네요…, 언제 미국 오셨소?"

나는 간혹 이런 질문을 받는다. 헌데 지금 그 질문을 던진 사람은 어떤 상업법 위반으로 걸려 와 내가 법정 통역을 맡아 주고 있는 피고다. 아직 그의 변호사가 도착하지 않아서 기다리고 있는 중이었다. 그 교포는 자신의 절박한 법적 사정보다 내 이마 위에 하얀 비둘기가 내려앉은 것 같은 흰머리가 더 마음에 걸리는가 보다.

"뭐, 저, 한 20년 됐어요."

나는 사과조로 대꾸한다.

"아니 그래 어떻게 미국에 오셨습니까?"

상대방은 마치 자기만이 미국에 올 권리가 있었다는 듯이 더 묻는다.

"뭐, 그저 어린 마음에, …영어도 좀 했고, …또 호기심에 이끌려……."

나는 더듬더듬 말을 짚어가며 마지못해 대꾸한다. 그리고 자신에 대한 자책감마저도 느껴진다. 미국에 건너와 노력하며 살아온 결과가 이 모양인가 하고.

"아니 그래 언제 돌아가실 마음이십니까?"

그는 언젠가 내가 미국을 떠나야 한다는 듯이 묻는다.

"글쎄요, 뭐, 다 늙은 몸, 여기나 저기나 누가 뭐 기다리는 것도 아니고…, 좀 더 늙어 봐야겠어요."

나는 이렇게 말하며 버티어 본다.

"그래 미국에서 그동안 뭐 장만이라도 하셨습니까?"

"뭐, 아무것도 없어요. 그저 세월만 잡아먹고, 흰머리뿐인 것 같습니다."

"허허허…, 뭐 그렇게만 볼 수 있겠습니까? 이렇게 오늘같이 훌륭하게 통역도 해 주시고, 또 결혼 반지를 보니 이미 자녀분도 다 컸겠고……."

"아, 미안합니다. 저는 아이들이 없어요. 그저 남편 하나 댕그러니 두고 저 이렇게 뛰어다니며 일합니다."

"아, 그러세요? 자녀분이 없다니 안됐군요."

그러면서 그는 나를 측은히 쳐다본다.

아! 겸손하자. 나 이렇게 미국에서 20여 년간 맨해튼 전철에 매달려 여기까지 생존해 왔는데. 이제 겸손하자. 다만 나의 숨은 보물이 있다면 다람쥐 도토리 같은 작은 저금통도 아니고, 나의 흰머리가 더욱 정답다는 파란 눈 남편도 아니고, 열심히 끄적여 쓴 글 모음도 아니고 다만, 오직 다만 한 가지 진리가 있다면… 겸손하자! 이제라도 진정코 한번 겸손해 보자.

그믐날 밤에

　오늘 그믐 자정에 괘종이 울리면 올해는 영원한 과거로 임종할 것입니다. 이미 저의 삶에는 괘종도 없고, 주검을 쓸어낼 삽도, 빗자락도 존재하지 않습니다. 있다면 단지 살벌한 벌판에서 홀로 쨀깍거리는 하찮은 손목 시계뿐입니다. 이 가냘픈 시곗바늘은 황량한 인생길에서 방황하는 나의 반려자라 하겠습니다.

　미안합니다. 제가 넋두리를 하고 있나 봅니다. 하지만 저 역시 남편이라는 한 상대를 모시고 지난 10여 년간을 공존해 왔고, 앞으로도 계속 그리 존재하기를 바라는 일개의 아내요, 교포입니다. 구태여 인종을 들추고 싶지는 않으나 저의 남편은 백인입니다. 물론 저는 한국에서 출생한 엄연한 황인종입니다. 아니, 우리 피부는 그리 황색도 아닌데 어찌 그렇게 낙인이 찍혔는지 가끔 의아심도 느껴 봅니다.

나는 수수께끼에 홀린 양, 연말로 부산하고 쌀쌀한 사거리를 정신없이 헤매다가 어느 예쁘장한 미드타운 호텔 앞에 문득 섰습니다. 차가운 뺨도 녹일 겸 그 호텔 로비에 차려진 커피숍에 앉았습니다. 그리고 차 한 잔을 시켰습니다.

　주위에서 독일어·서반아어 등 다국적 언어가 귀에 스쳐가고, 각양각색의 관광객들이 진을 치고 있습니다. 그들은 짐짝만한 트렁크를 몇 개씩 들고 철따라 이동하는 철새들같이 이리 몰리고 저리 몰리다가 어느덧 어디론가 사라집니다. 그리고 또 다른 철새 무리가 휘청휘청 찾아옵니다. 그리고 인생은 사라집니다.

　한 해 또 한 해의 주검과 함께 우리는 끝없이 사라지고, 그 주검을 밟고 또 다른 삶이 찾아듭니다. 찾아오고 사라지고 또 찾아들고, 그리고 사라져가는 끝없이, 정처없이, 언약도 없이 어디로인가……

　우리는 영원한 나그네. 철새 무리 찾아오는 연말의 뉴욕 거리, 매연과 함께 묵어가는 붉은 벽돌 아파트에서 남편이 기다리고 마지막 저녁 노을 지는데…….

　아, 저기 서쪽 하늘에 그리운 얼굴들이 어른거립니다. 돌아가신 부모님은 저세상에서 나를 부르고, 머언 고향의 정기가 향수같이 달아오르는데…….

　오늘 밤 자정이면 다시 찾아올 주검과 탄생 앞에서 신의 기적이 우리를 일깨우고, 수천 년 잠자던 침묵의 진리가 우리들의 영혼을 조용히 조용히 노크하고 있을 것입니다.

아, 충만한 그믐날 밤, 타임스 스퀘어 시곗바늘이 자정을 넘어가는 순간 크리스털 볼이 터지면서 수십만 개의 크리스털이 상공에서 나비같이 날고, 춤추며 요동치는 수십만의 관중들은 "Happy New Year"를 부르짖을 것입니다.

아, 새해!

새해 건강하시고 만복 받으소서!

A Book of Poetry, Stories and Images

그는 외로운 이방인

그때는 이 저자의 미국 이민 생활이 약 20년쯤 되는 1900년대, 지금 생각하면 까마득하면서도 어제같이만 느껴지는 이유는 무엇일까? 그 무렵 미주 한인 이민 역사가 1세기를 넘고 있었으나 이국에서 뿌리를 내리며 생존하고 있는 교포들의 뼈아픈 투쟁과 고난은 그칠 줄을 몰랐다. 이 소설은 저자가 통역인으로 일하면서 목격한 잊지 못할 이야기를 우리 거룩한 민족 사랑하는 마음으로 엮어 드리는 이야기이다.

6월 어느 날 집에 와 보니 통역 중개 사무실에서 전화 녹음기에 메시지를 남겼는데, C텔레비전 방송국에서 한국 전문 통역인이 이틀간 필요하니 즉시 전화해 달라는 요청이었다. 나의 존경의 대상인 우아하고 고풍스런 영어 목소리 주인공은 중개 사무실의 영국 태생인 미라(Mira)였다. 퍼뜩 지난 5개월간 브루클린 어느 한인 청과상이 흑인 주민들로부터 불매운동 대상이 되고 있었다는 사실이 상기되었다.

이 사건은 몇 개월이 지났음에도 뉴스를 떠나지 않았다. 그 사건의 배경은 한 아이티 여인이 물건을 사는데, 1불 50전이 모자라 말다툼이 생겨 결국 한인 주인에게 구타를 당했다는 것이다. 여기에 분노한 여인은 브루클린 검찰청에 그 한국인을 고발했고, 적지 않은 수의 흑인들이 동조하여 하루도 누그러지지 않고 계속해 그 상가 앞에서 불매 운동을 벌이고 있었던 것이다.

TV가 비춰 주는 한국인은 몇 마디 서툰 영어로 자기 입장을 밝히는 것이었는데, 그의 말보다는 텅 비어 가는 가게와 일그러진 얼굴 표정이 애처롭게만 보였다. 한편 TV 영상에 비치는 흑인 데모자들의 모습은 "Go Home, Korean!(코리안들, 네 나라로 돌아가!)"을 외치며 발을 굴렀다. 한국 상인의 무언적인 대꾸에 더욱 오기에 찬 흑인들의 얼굴들, 그들은 그 무엇이 한이 되어 이렇게 목에 핏대를 올려 목청을 뽑고 있는지. 한편, 간단한 영어 몇 마디와 단단한 팔목 그리고 움켜쥔 주먹이 그의 모든 자산이었을 한국인의 모습은 다행히 한참 떠들썩한 독일 통일 문제와 정계 문제 등에 압도되어 잠깐 눈에 비치다 사라지곤 하였다.

우연히 미라의 전화를 받기 2주 전에 나는 뉴욕 잡지사의 한 기자로부터 전화를 받은 적이 있었다. 그의 말은, 다음 날 브루클린 사태에 대한 전반적인 스토리를 모을 계획이니 통역을 맡아 달라는 것이었다. 그는 한 30대의 목소리로, 퍽 공손하고 짤

막하게 자신을 소개했다. 나는 그의 신중한 태도에 끌려 쾌히 응낙했다. 그 당시 나의 심정은 뉴스에서 몇 번 보았던 브루클린 사태를 실제로 답사하고 장본인들과 대화를 하게 될 것이라는 생각에 무엇인가 통역인으로서 기여를 할 수 있겠다는 결단이 었는지도 모른다.

다음 날, 그 뉴욕 잡지사 기자는 자그마한 개인 승용차를 몰고 와 우리는 한국청과협회를 향해서 찬란한 태양 속에 퀸즈 쪽으로 향했다. 나의 선입감이 틀리지는 않은 듯, 그 기자를 만났을 때 묻는 질문들은 한국인에 대한 불이해와 관습적이고 편파적인 입장에서 나오는 그의 호기심이 엿보였다. 일류 잡지사 기자의 이렇게 높이 쌓인 벽을 나는 어떻게 뚫을 것인가, 아니 벽조차 없이 허황하게 뚫린 공간을 어떻게 메꿀 수 있겠는가! 나는 그가 운전하는 손님석에 앉아 조심스럽게 옆 모습을 살피며 그의 말에 귀를 기울여 주고, 또 한 마디 묻는 말에 두 마디 세 마디씩 성의껏 대답해 주었다.

"한국인들은 거의 대학교육을 받고 미국에서 많이들 청과상을 한다고 들었는데요, 사실인가요? 한국인들은 계를 만들어 돈을 저금한다는데, 그것은 비공식적인 은행 거래가 아닌가요?"

그는 연달아 질문했다. 우선 나는 어디까지나 그의 인터뷰 대상자가 아닌 통역인이기 때문에 그의 역질문에 구태여 대꾸할 의무는 느끼지 않았다. 아니 될 수 있으면 그 질문에 구체적으로

답하느니 방향을 돌려 우선 우리 한국인들의 긍정적이고 자랑스러운 인간적 관계와 풍습에 연관시키려 시도했다. 나는 부드러운 말씨로 우리의 고유한 풍습, 즉 믿고 존경에 싸인 젊은층과 노년 세대의 유대감, 식구 하나가 쓰러지면 가족 전체가 뻗쳐 주는 재정 지원, 그러므로 미국에 거주하는 한국인들은 부지런한 정신으로 미국의 식생활에 필요한 야채를 다듬고, 과일을 씻고, 꽃을 둘러놓고 어두운 거리에 밝은 등을 밝혀 줌으로써 뉴욕 시민들에게 생활의 편의를 주고 있는 청과상들……. 이러한 나의 넋두리에 이 기자의 태도는 퍽 누그러진 듯 보이면서 놀랍게도 그의 차를 천천히 돌리면서 "아, 지금껏 예상보다 많은 정보를 주어 오늘 취재는 이것으로 충분합니다." 하고 오던 길로 되돌아가기 시작했다. 나는 그 소리가 반가웠지만, 한편으로는 그에게 딴소리만 하여 실망을 주지 않았던가 하는 의문도 없지 않았다.

이 기자와의 만남이 있은 한 달 후에 발간된 뉴욕 잡지 기사에는 한국인에 대한 기사 내용이 퍽 우호적인 입장으로 나왔음에 나를 기쁘고 놀라게 했다. 그 기사는 한국인의 복잡다단한 재정 거래와 계의 놀이를 다루기보다는 한국인의 '정'이라는, 즉 한국인의 사고방식과 행동은 '정'으로 인해 노고를 견디고, 또 '정'에 쏠려 이 외지에서 투쟁한다는 내용도 나왔다. 아마도 잡지 기자 자신도 그의 뜻하지 않은 한국인의 다른 우아한 인간 사회상을 느끼게 되었음인지도 모른다.

통역 중개사 미라로부터 C방송국 취재를 위한 통역인이 필요하다는 메시지를 받았을 때는 나 자신이 이미 무엇인가 짐작할 수 있었고, 더욱이 C텔레비전이라니 마음이 흥분되지 않을 수 없었다. 나는 미라에게 감사를 표하고, 그가 불러 주는 번호를 돌려 C방송국 코디네이터 리자(Lisa)를 찾았다. 리자는 브루클린에 현재 보이콧당하고 있는 청과상 주인집에 새벽부터 출두하여 그의 하루 일과를 사진에 담고 싶다는 것이었다. 가게에 물건을 풀어놓고 하루를 지내는 장 씨의 모습을 모두 카메라에 담고 그와 대화를 나누어 보고자 하는데, 장 씨는 어느 정도의 영어는 하는 것 같지만 만반의 안전과 이해를 위해 통역인이 필요하다는 것이었다.

다음 날, 약속한 대로 새벽 4시 30분에 C 본사 앞에서 만나 그들 밴을 타고 브루클린으로 향했다. 밴에는 방송 취재인 피터(Peter), 카메라맨, 밤색 머리를 길게 늘어뜨린 젊은 사운드우먼, 리자, 그리고 내가 동승했다. 그 밴 운전기사는 중년 남자로, 프로펠러 비행기도 하나 소유하고 있어 비행 운전도 한다고 했다. 운전사 옆에 묵묵히 앉아 있는 취재인 피터는 약간의 머리가 벗겨지고, 중간 키에 누르끼리한 사파리식 복장 차림이었다. 내 앞좌석에 앉아 있는 카메라맨 K는 신체가 건장하게 보이는 아이리시 계통의 혈색 좋고 굽슬거리는 밤색 머리로, 한아름되는 대형 카메라가 옆에 있었다. 그 옆에 앉아 있는 사운드우먼 C는 전날 밤에 텍사스에서 왔다고 한다. 서글한 까만 눈동자에 청바지를 입고, 운동화에다 화장기 하나 없으나 조용하고 자연스런 미를 갖고 있었고, 자기 직업의식이 투철하고 진지한 태도의 젊은 여인이었다. 맨 뒷좌석인 내 옆에 앉아 있는 리자는 깡마르고 늘씬한 키에 금발머리를 어깨까지 기른 멋쟁이 코디네이터였다. 나보다 더 짙게 화장 한 모습이고, 마스카라를 까맣게 칠하고 왔다.

5월 초여름 새벽 5시경, 브루클린 다리에 먼동이 휘장처럼 물들고 어느덧 따스한 햇살이 눈부셔 왔다. 마천루의 미끈한 모습이 고요한 꿈의 숨결에서 방금 깨어나 안개 빛 홑이불을 걷어 젖히고 하이웨이에 길게 그림자 지으며 기지개한다.

미끄러지듯 달리는 우리 밴 차 안은 거북스러울 만치 조용했다. 모두들 꼭두새벽부터 집을 나서느라 아직 잠에 겨워 눈들이 감기는 것은 당연한 듯, 구태여 그 누구도 침묵을 깨려고 하지 않았다. 말을 잘못 하면 잠꼬대로 들릴까 두려워서인지 아니면 초면에 서로를 경계함인지, 또는 앞으로 일어날 하루가 초조함이었는지……. 나는 반은 졸면서 화려한 아침 전경에 조용한 감탄을 씹고 있었다.

이제 우리 밴은 브루클린 플랫부쉬에 거의 다다르고 있었다. 그곳은 중류층의 평범하고 조용한 아파트 구역, 생각보다는 안정되고 평화스럽게 보이는 동네였다. 우리 밴이 한길가에 정차되자, 우선 취재인 피터와 리자는 먼저 아파트 쪽으로 향하고, 카메라맨 K와 사운드우먼은 무거운 기계 덩이를 걸머지고 그들 뒤를 따랐다. 나는 묵묵히 그들을 따라서 좁고 허술한 엘리베이터에 들어섰다.

3층에 도착하자 우루루 엘리베이터에서 나와 장 씨 아파트를 노크했다. 문이 열리면서 장 씨는 이미 미디어 카메라에 몇 번 대면한 적이 있는 양 반갑지도, 싫지도 않은 무덤덤한 표정으로 아파트 문을 열어 주었다. 너무나도 평범한, 아니 평범 이하의 초라한 살림방 두 개가 있는데, 작은 침대가 하나씩 모퉁이에 들어앉아 있었다. 카메라는 삭막한 고독에 젖어 있는 방들을 구석구석 둘러가며 필름에 담았다. 카메라맨과 사운드우먼은 서로 한 쌍의 팔다리같이 다니며 기막힌 스토리가 어디 숨어 있는 양 열심히 찍어 댔다.

장 씨는 마침 낡은 냄비에 아침 식사로 라면을 끓이고 있었다. 그것도 신기한지 카메라가 그 라면 냄비에 바짝 다가가서 부글부글 끓는 뭉그런 냄비 소리, 장 씨가 젓가락을 꺼내 끓는 라면을 한두 번 휘젓는 장면, 그것을 둥그런 사발에 담아 탁자 위로 가져가 젓가락으로 후루룩 먹기 시작하는 장면들……. 그런데 그는 라면을 들이켜다 갑자기 생각난 듯이 탁자 위 선반을 획 열어 깡통 하나를 따서 마늘 덩이를 입에 넣고 아삭아삭 깨문다. 카메라맨이 곧 그의 깡통으로 카메라 렌즈를 돌린다.

"미스터 장, 지금 잡수시는 게 무엇입니까?" 취재인이 묻는다.

"라면!" 장 씨가 대답한다.

"지금 여신 깡통에는 무엇이 있죠?" 취재인이 또 묻는다.

"마늘 조림이요." 장 씨가 말한다.

취재인은 '마늘'이라는 소리에 자기 귀가 의심스러운 듯 나를 쳐다보며 다시 말해 달라고 한다. 나는 영어로 "통조림 된 마늘"이라고 거듭 말해 준다. 그의 눈이 동그래졌다. '아침밥을 마늘과 겸하다니?' 하는 놀라움이었다. 나는 엷은 미소를 짓고 그에게 조용히 덧붙여 일러 주었다.

"통조림 마늘은 그리 맵지도 않고 냄새도 덜 나죠."

그래도 믿을 수 없다는 듯이 그는 장 씨를 또 한 번 힐끗 쳐다보고 그가 먹는 동안 가만히 침묵을 지키고 있었고, 카메라는 열심히 장 씨의 전경을 주워 담는다.

장 씨의 라면 들이켜는 소리가 계면쩍고 처량하게만 들렸다. 이 모든 전경이 그리도 신기한 것인지 혹은 냉소를 하는 것인지, 카메라는 한 치도 빼지 않고 모두 훑어 간다.

나는 생각했다. 한때 조용한 아침의 나라였던 코리아를 뛰쳐나와 더 새로운 삶의 터전을 위해 이 외롭고 황량한 이국땅 브루클린 방 한구석에서 인스턴트 라면으로 아침을 때워야 하는 장 씨, 그러면 나 자신은 그 고국을 등지고 왜 이렇게 카메라 뒤에서 숨을 죽이고 있는지…… "What is your American dream?(당신의 아메리칸 꿈은 무언가요?)" 하고 누가 영어로 묻는 말이 나를 몽상에서 일으켰다.

"What is your American dream?"

인터뷰 기자가 탁자에 맞대고 앉아 장 씨에게 거듭 묻는다. 장 씨는 라면 먹다가 불쑥 받은 질문이라서인지, 또는 그 질문이 혼동스러웠는지 나를 멍하니 쳐다만 보았다.

"장 선생님, 미국에 대한 꿈은 무엇입니까? 무엇을 바라고 왜 이렇게……?"

나는 직역해 준다. 통역은 했지만 그 누가 불쑥 "당신의 꿈은 무엇이요? 아니 당신의 미국에 대한 꿈은 무엇이요?" 하고 질문하면 몇 사람이나 대뜸 대답을 할 수 있을까? 가장 평범한 질문 같으면서도 알고도 모를 말이다. 장 씨는 플라스틱 그릇에 남은 라면 국물을 다 들이켜고 한국말로 무어라고 중얼거렸다. 나는 그 중얼거리는 대답을 영어로 거듭했다.

"American dream? I don't know what I can say about the dream. But I'd like to work as hard as I can and hope everything will turn out to be alright. (아메리칸 드림? 저는 그 꿈에 관해서 무어라고 할 수는 없어요. 하지만 내가 열심히 일하면서 모든 일이 잘 되기만 바랄 뿐이에요.)"

내가 말을 바꿔서 해석해 준 것도 아닌데, 어쩐지 한국말 어휘보다는 영어가 좀 더 부드럽게 들리는 기분이었다.

나는 인터뷰 기자의 반응을 기다리며 그의 얼굴을 쳐다보았다. 그는 실망한 표정이었다. 그의 푸른 눈길에는 도대체 무슨 꿈이, 무슨 버리지 못할 꿈이기에 이렇게 고독한 인생을 치르며 살아야 하는가 하는 의문이 깃들여 있는 듯했다. 그뿐이랴, 이 인터뷰를 하기 위해서 플로리다에서 뉴욕까지 올라왔다는 사실을 완전히 후회하는 눈치였다.

그는 나에게 말하기를 우선 장 씨를 이렇게 만나게 되어 고맙다고 말하고, 곧 그를 따라 헌츠 포인트 시장으로 가서 취재하겠다고 알려 주라 한다. 그리고 그는 아래층으로 내려갔다.

카메라맨과 사운드우먼은 아직도 장 씨를 따라다니며 그가 문을 잠그고 아파트를 나서는 전경까지 찍느라 우리보다 늦게 내려왔다. 로비를 나서는데 리자가 멈칫 나에게 말한다.

"미스 김, 피터가 지금 개인적인 여자 문제로 마음이 언짢아서 저리 심통나게 보이니 이해해 줘요."

자기도 함부로 그에게 말하지 않고 있으니 기분이 풀어질 때까지 기다리고 그를 이해하자는 말이었다. 즉시 나는 '아, 프로듀서와 취재인과의 갈등이 없지 않아 있구나.' 하고 느꼈다. 그렇다면 피터는 아예 이 취재 문제에 그리 큰 관심을 갖고 오지 않았으며, 신통치 않은 여자 문제로 하루 종일 침통할 것은 사실이었다.

이제 우리는 다시 차를 타고 헌츠 포인트로 향하는데, 하루 종일 심통난 취재인 피터와 덤덤한 장 씨를 거닐고 몇 시간 배겨 내야 할 생각을 하니 나는 아찔했다.

이제 해는 동쪽 하늘에 높이 올라와 헌츠 포인트 도매시장을 눈부시게 쏘아 댔다. 시장에서는 주로 새벽 장사진과 배달인들의 복작이는 장면이기에, 나는 아예 건물 벽에 쌓인 상자들 더미에 기대 서서 눈을 감은 채 따끈한 햇살을 얼굴에 듬뿍 담아 두기에 만족하였다.

장 씨는 거대한 창고 속 몇 구역으로 갈라진 도매상가를 구역 구역 들르며, 과일이며 채소류를 골라 짐수레에 쌓아 올렸다. 카메라는 그를 그림자같이 따라다니면서 그가 짐 수레를 끌고다니며 물건 상자를 쌓고 운반하는 일 등을 열심히 찍었다. 그러는 동안 도매상가 지배인이 우리에게 접근하였다. 대형 카메라를 동반하고 있는 우리 모두가 눈에 띈 모양이었다.

그 지배인은 60세쯤 보이는, 갈색 머리에 배가 튀어나온 전형적인 브루클린 이태리 토박이로 보였다. 영어 악센트도 브루클린 냄새가 물씬 풍긴다. 그는 상습적으로 몸에 밴 외향적이고 굵은 목소리로 인사하며 흥미롭다는 듯 누구를 취재하느냐고 물었다. 현재 브루클린에서 보이콧당하고 있는 청과상 주인 장 씨가 장 보는 것을 취재한다고 피터가 대답했다. 그 지배인은 한 발짝 다가서며 덧붙였다.

"아, 그래요? 코리안 말이죠? 물론 한국인 청과상을 말하겠죠? 여기 장 보러 오는 구매자 80%가 한국인이니까요."

"아, 그래요?" 리자가 또 맞장구친다.

"그럼요! 여기 한국인 없으면 장사 안 될 거예요. 이 건물 관리 일은 우리가 맡아 하지만, 사실 물건 받아 가는 사람들은 한국인들이 대부분이고, 그들은 물건값을 제때에 충실히 지불합니다. 참 그들과 일하기 좋아요. 근데 이번 브루클린 항의 문제로 한국 상인들이 고충을 겪고 있어요. 어떻게 아느냐구요? 요사이 물건 받아 가는 양이 퍽 줄었거든요. 참 안됐어요. 한국인들이 장사에 타격을 받으면 우리에게 즉시 그 영향이 옵니다. 그걸 알아야 될 겁니다."

그 지배인의 말투는 길거리 왕초 같은 거친 감이 있으나 한국인에 대한 퍽 우호적인 태도는 나의 눈시울을 붉히게 했다. 우연히 이 헌즈 포인트 도매상 지배인으로부터 이 말을 들은 취재인과 리자는 뜻하지 않은 그 무엇을 인식한 듯 그에게 고맙다고 인사한 후, 피터는 작은 노트에 급하게 무엇을 적기 시작했다. 지나가던 한 이태리계 지배인의 말을 듣고 한국인 청과상들에 대해 새삼스레 흥미를 느낀 듯하였다. 뉴스를 보도하는 데는 우선 흥미를 갖고 있어야 그에 대한 집중력과 과제를 조성해 낼 수 있기 때문일 것이다. 이제서야 피터의 눈에 활기가 보이기 시작했다.

그런데 장 씨가 나를 향해 손짓한다. 나는 리자에게 미스터 장이 할 말이 있는 것 같다 하니, 모두들 그에게 다가갔다.

"아까 저에게 아메리칸 드림이 뭐냐고 물었죠?"

장 씨가 나에게 말한다. 나는 취재인에게 그 말을 전했더니,

이제 장 씨가 대답할 수 있는지 묻는다. 그 말을 전해 받은 장 씨는 고개를 한 번 끄덕이고 카메라를 똑바로 응시한다. 그는 머뭇머뭇 말하기 시작하면서 눈에는 눈물이 솟아난다.

"제 아내는 얼마 전에 저를 떠나 열두 살짜리 아들과 타주로 가버렸어요. 내 아메리칸 드림은 나의 사랑하는 아들을 위해 훌륭한 유물을 남기고 가는 것입니다."

모두들 장 씨의 울먹이는 목소리에 어리둥절해하며 나에게 고개를 돌렸다. 그들에게 당장 뭐라고 통역을 해야 할 나였지만 장 씨가 언급한 '유물'이라는 단어를 어떻게 해석해야 할지, 그 단어는 하나의 물질적인 재산이나 유산을 의미할 수도 있고, 또 하나는 사랑하는 자식을 데리고 집을 떠난 아내에 대한 뼈아픈 심정에 훗날 아들에게 남기고자 하는 아버지의 거룩한 발자취를 의미했을 것이라는 나의 생각…, 그래서 나는 후자를 택하기로 하여 취재인 피터를 향해 입을 열었다.

"Sometime ago, my wife left me with our 12-year-old son to another State. My American Dream is to leave him a proud legacy as his father one day!"

내 통역이 끝나자 모두들 고개를 떨구고 메모하느라 오직 취재인 노트에 미끄러져 가는 펜 소리만 들렸다.

장 씨는 눈물을 삼키듯 등을 돌리고 걸어가기 시작했다. 그때 리자는 카메라맨을 향해 "컷!" 하며 손짓했다.

─2019 《뉴욕문학》 제29집, 2019

하얀 밍크 두른 여인

　겨울이 쉽게 물러가기에는 너무 아쉽다는 듯 밤새 북서풍이 휘파람 불어가며 설치고 헤매더니, 아침이 되자 찬란한 햇빛이 뉴욕 마천루 상공에서 신기루같이 빛나고 있었다. 나는 맨해튼 아파트의 좁다란 부엌에서 간단한 아침 식사를 하고 있는데 전화 벨이 울렸다. 한 젊은 여성이 부드럽고 명료한 영어로 "헬로?" 하고 하는 말이, 어느 한인 여성이 부검사실에 찾아와서 흐느끼며 뭐라고 하는데, 단지 알아들을 수 있는 말은 그녀가 코리안이라는것 뿐, 무슨 일로 왔는지 모르겠으니 당일 아침에 부검사실로 와 줄 수 있는가 하는 전화였다. 나는 마침 급하게 해야 할 일이 없었기에 곧 가겠다면서 주소를 확인한 후 수화기를 내려놓았다.

　일반적으로 통역 의뢰는 적어도 하루 전에 연락을 주는 것이 상례지만 혹 가다가 이미 정해진 통역인이 출두를 하지 못했거나 어떤 부득이한 경우에는 당일 연락이 올 수도 있다. 나는 외출 준비를 하면서 생각했다. 한 여인이 찾아와 흐느낀다는 말도 절박하게 들렸지만, 그 비서가 보통명사로 '여자(Woman)'라 하지 않고 좀 더 존칭적인 '여인(Lady)'이라고 한 것으로 보아 아마도 그 여인은 어딘가 기품이 있는 여성일 거라 상상하면서 나는 짜릿한 호기심을 안고 집을 나와 전철을 탔다.

거의 한 시간 후 뉴욕 근교에 위치한 말끔히 신축된 건물의 5층 부검사실로 올라가니, 키가 훌쩍 큰 젊은 흑인 여인이 자기가 전화했던 비서라며 인사하고 앉으라 권했다. 내가 코트를 벗어 의자등에 걸쳐 놓고 앉으니, 비서가 어딘가에 전화를 걸었다.

"방금 한국어 통역인이 왔어요."

비서는 잠시 상대방의 말을 듣더니 "OK!" 하고 전화를 끊었다. 그리고 나에게 말하기를, 지금 부검사께서 법정 일이 지연되고 있으니 잠시 기다려 달라는 요청이었다고 했다. 그리고 이미 옆방에 와 있는 증인과 함께 기다려도 된다며 나를 증인 대기실로 안내해 주었다.

옆방 증인실에는 어느 한인 중년 부인이 무릎에 올려놓은 까만 핸드백을 두 손에 모아 쥔 채 의자에 앉아 있었다. 짧은 파마머리에 검은 바지와 자켓 차림이었는데, 그녀의 어깨에 가볍게 걸친 하얀 밍크 숄이 유독 내 눈에 띄었다. 새것 같지는 않지만, 아직도 윤택이 흐르는 잔잔한 밍크 털 숄은 폭이 그리 넓지 않아 목도리로도 십상이었다. 오랫동안 뉴요커로 살아오면서 최신 유행이나 퍼(Fur) 패션과는 거리가 멀었던 나의 눈에는 그 하얀 밍크 목도리가 희안하고 화려하게만 보였다. 하지만 그녀가 두른 그 하얀 밍크는 어딘가 모르게 아직 미국 물에 젖지 않은 한국 여인의 정적인 자태로 은은한 우아함을 풍겨 주었다. 아마도 그녀가 둘렀기에 더욱 그렇게 보였는지도 모른다. 그렇다고 그녀가 아리따운 미모의 젊은 여성은 아니었다. 젊었을 때는 퍽 아름다웠을 윤곽이었지만 나이가 50대 중반쯤으로 몸매는 아담하였고, 얼굴은 화장기가 있는 듯 없는 듯 해맑게 창백해 있었다. 어딘지 외로움이 풍기는 그녀의 자태는 내가 즐겨 산보 다니던 수유리 야산의 오솔길에 피어난 하얀 늦가을 들국화를 연상케 했다. 하지만 그녀의 눈은 흐느끼고 있었는지 붉게 상기되어 있었다.

비서가 계속 의아스런 눈으로 우리를 응시하고 있는 그 여인에게 나를 한국어 통역인이라고 소개시켜 주자, 그녀는 안심한 듯 미소 짓고 어깨를 조아리며 인사했다. 아직도 소녀 같은 수줍음을 머금고 웃는 그녀의 자태에 나는 '아니 이런 아주머니가 웬일로 여기까지 왔을까?' 하는 의문이 들었다. 그때 문턱에서 손짓으로 인사하며 나가는 비서에게 나는 고맙다 하고 의자에 앉았다.

내가 앉자 그녀는 핸드백을 자기 옆에 옮겨 놓고, 목도리를 가볍게 어깨에서 풀어 무릎에다 펴 놓고 다시 고개 숙여 인사했다. 보통 한국 중인들을 만나게 되면 1990년대 초반의 거친 이민생활에 시달리며 생존하느라 온통 피곤에 찌든 표정인데, 그녀는 잠자코 앉아 있는 내가 부담스럽지 않은 듯 약간의 미소를 머금고 고개를 숙이고 있었다.

"곧 부검사가 오면 충실히 통역해 드릴 테니 편안한 마음으로 기다려 주세요."

나는 그녀에게 가만히 일러 주었다.

"글쎄요, 사실 착잡한 마음에 여기까지 찾아오기는 했지만 막상 와 보니 너무 두렵고 창피한 마음만 드네요."

그녀는 내 말이 싫지 않았는지 이렇게 말하고 고개를 다시 떨구었다. 나는 그녀에게 안심하라는 듯 아무 말 없이 웃어만 주었다. 사실 담당 검사도 없는데 중립적인 위치에 임해야 하는 통역인의 입장에서 우리끼리의 대화는 피하고 싶은 나의 심정이었는데, 그녀는 나를 향해 살짝 몸을 기울이고는 물었다.

"죄송하지만, 여기서 근무하세요?"

"아니에요. 저는 독립적으로 일하는데 가끔 통역 부탁을 받아요."

"아, 그러세요? 그러면 검사가 이야기를 듣고 즉시 범인을 체포하나요?"

그녀가 조심스레 물었다.

"글쎄요. 아주머니께서 어떤 문제로 여기에 오셨는지 모르지만 의문점이 있으시면 나중에 부검사님에게 물어보실 기회가 충분히 있을 거예요."

나는 다시 그녀를 안심시켰다.

"저… 근데, 저는 경찰에 신고할까 생각을 했지만 열흘 동안 잠도 제대로 못 자며 혼자 끙끙 앓다가 한인록에서 검사 사무실 주소를 찾아서 오늘 아침 여기까지 왔답……."

그녀는 연거푸 나오는 기침으로 말을 끊었다.

"감기가 심하게 드셨나 봐요?"

"네, 이 일이 있은 후 계속 몸이 좋지 않은 데다 감기까지 들어 말이 아니에요."

그녀는 밍크 목도리를 들어 양쪽 어깨에 다시 납작하게 올려 덮었다. 마침 그때 비서가 들어와서 부검사로부터 연락이 왔는데, 미리 예정된 재판이 40분 정도 지연될 것이니 통역인은 증인의 이야기를 대충 들어 보아도 된다고 전해 주었다. 항상 건수가 밀려 바쁘게만 돌아가는 부검사의 입장에서는 그 여인이 어떤 사유로 직접 찾아오게 되었는지 우선 파악도 하고, 시간도 절약할 겸 나에게 그런 대화의 자유를 주었을 것이다.

나는 비서가 나간 후 그 여인에게 어떤 사유로 오셨는지 대충 설명해서도 된다고 전해 주었다. 그녀는 망설이는 듯하더니 한숨을 길게 몰아쉬고 힘없이 말했다.

"사실은 정말 창피한 일인데…, 저… 제가 욕을 당했어요."

갑작스레 들리는 그 한마디에 나는 약간 어이가 없었다. 사실 그녀의 '욕을 당했다'는 말이 나에게 혼동을 주었다. 우선 그 '욕'이라는 외톨이 단어의 의미는 간단하지만, '당했다'는 동사를 붙이면 그 의미는 생판 달라지는 것이 아니겠는가. 물론 통역인인 나로서는 그 명사와 동사의 논리를 생각하지 않을 수 없었다. 나는 계속되는 침묵 속에서 '이 여인이 어떤 모욕을 당했을까?' 하고 자문했지만, 그것으로 인해 이 검사실까지 찾아올 일은 아니었을 것으로 보였다. '그러면 능욕을 당했나? 다시 말하면……' 나는 그때 휙 스쳐가는 광폭한 또 하나의 의미를 감지하면서 이미 상처받았을 그 여인의 자존심을 건드리지 않고 무슨 말을 해야 할까 머뭇거리다가 말문을 열었다.

"정말 안됐어요. 많이 다치셨겠군요."

나는 그녀를 가만히 쳐다보았다. 그녀는 고개를 숙인 채 무어라 대꾸가 없었다. 그 순간 나는 '어느 흉측스런 인간이 이런 여인에게 그 횡폭한 행위를 범했는가!' 하고 불끈 화가 치밀었다.

"실례지만 연세가 어떻게 되시는지…, 저보다 많이 젊으신 것 같지만……."

내가 물었다. 아마도 그녀에 대한 동정이랄까, 아니면 세대적 그리고 동족적인 공통 의식에서 불쑥 나온 질문인지도 몰랐다.

"한국 나이로 오십 하나…, 나이 다 먹어서 이런 일을 당하다니 정말 창피해요."

그녀의 눈길은 희끔한 천장만 더듬었다.

"글쎄요, 피해자란 나이와는 무관한 것 같아요. 하지만 절대 창피하게 느끼지 마세요. 범죄 행위는 당연히 고발되어야 하기에 여기 검사실에서 통역인도 부르지 않았겠어요?"

나는 조용히 말을 맺었다.

안심의 빛인지, 아니면 다시 끓어오르는 격노의 빛인지 그녀의 볼이 상기되어 올랐다. 그녀는 다짐하듯이 아랫입술을 한 번 질끈 깨물고 입을 열었다. 그녀의 말은 서툴게, 그리고 두서없이 시작되었지만 어느 부분은 내 나름대로 새겨들으며 귀를 귀울였다.

그녀의 이야기는 몇 년 전인 1990년대 중반의 서울로 돌아간다. 그녀는 평생직 공무원이었던 여섯 살 연상인 남편 공 씨와의 사이에 1남 1녀를 두었고, 25년간의 공직 생활을 마감하는 남편의 퇴직을 9개월 앞두고 있었다. 공씨 부인은 남편이 가져오는 빤한 월급으로 자녀 교육과 생활비를 충당하고, 얼마 남지 않은 돈을 푼푼이 저축하여 30평짜리 아파트를 하나 구입할 수 있었다. 그때는 이미 자그마한 주택에서 살고 있었기에 그 아파트는 부수입으로 남에게 월세를 주었다.

얼마 후 그 셋집 아주머니가 들렀을 때 하는 말이, 자기 사촌이 미국에서 다니러 왔다고 했다. 그분은 미국 시민권자로, 어느 무역회사에서 일을 하다가 이민 브로커로 전향하여 서울을 자주 왕래하는데, 미국 내 굵직한 이민 변호사들과 연륜이 깊은 수

완가라고 했다. '이민 브로커'라는 말에 공씨 부인은 귀가 솔깃했다. 그렇지 않아도 남편이 퇴직하면 얼마나 될지 모르는 퇴직금과 아파트 셋돈만 의지하고 살 수도 없고, 게다가 군복무를 마치고 홍익대 2학년으로 복학할 아들이 우울증 증세로 집에서 놀고 있는데, 차라리 미국으로 어학 연수나 보내 볼까 생각하던 중이었다. 운이 좋으면 몇 년 후 아들 초청으로 모든 식구들이 미국에 가서 구멍가게라도 하나 차리면 그럭저럭 살 수 있을 것이라고 생각했다. 그뿐이랴, 미국이란 도대체 어떠한 곳인지 도미하여 자수성가한 고등학교 동창들도 적지 않은데, 자기도 한 번쯤은 가서 살아 봐야 남에게도 버젓한 현대 문화인 행세를 할 수 있겠다고 믿었다. 그때만 해도 이민 비자뿐만 아니라 관광 비자도 수월하지 않았기 때문에 그 이민 브로커와 만나 점심이라도 하며 한번 타진하고 싶었다.

다음 날, 세 든 아줌마에게 전화를 하여 모씨를 만나게 해 줄 수 있는가 하니, 그가 외출했다고 하며 나중에 전화로 연락해 주겠다 했다. 그날 저녁, 그녀는 남편이 꿈 같은 소리 한다고 퉁명하게 거절할까 봐 그가 좋아하는 북어찜에 따끈한 정종을 받혀 상을 차려 주고, 남편 눈치 살피며 모씨 이야기를 꺼냈다. 공 씨는 아내의 사랑스런 마술에 넘어갔는지 "한번 잘 알아보구려." 하며 미미하게나마 승낙을 해 주었다. 피곤하게만 보이던 그의 눈언저리가 붉어지면서 눈에 광채까지 도는 것을 보니, 특별한

취미도 없이 살면서 권태와 짜증만 나던 그의 느지막한 중년 생활에 야릇한 희망마저 비치는 모습 같았다. 공무원 생활에 오래 시달리면서 모든 집안 문제는 아내의 결단과 처리에 맡겨 온 덕분인지도 몰랐다. 아니, 항상 묵묵한 그의 무표정으로는 확인될 수 없었지만, 아마도 그만큼 아내를 믿고 사랑했었기 때문인지도 몰랐다.

며칠 후 공 씨 부부는 이민 브로커 모씨를 초대하여 융숭한 저녁을 대접하며 이민 이야기를 꺼냈고, 모씨는 몇 달이면 쉽게 비자를 받을 수 있다고 호언장담하였다.

"저… 공 선생님, 댁 사시는 거 보니까 미국에 가서도 잘 꾸려 가실 분들입니다. 하지만 미국에 연고자가 하나도 없으니 우선 아드님을 유학 보내시죠. 꼭 일류 대학만 생각하실 필요는 없구요."

모씨가 말하자 당연한 말씀이라며 공씨 부인이 대꾸했다.

"우선 3만 달러만 쓰시면 아드님 학생 비자는 3개월 내로 거뜬히 받아 낼 수 있습니다."

모씨의 말에 공 씨 부부는 뒤통수를 한대 얻어맞은 듯 멍하니 그 브로커의 뻔뻔한 얼굴만 쳐다보고 있었다.

"뭐 3만 달러라면 큰돈 같지만 아드님 실력과 적성에 맞는 미국 대학을 찾아서 편지 보내랴, 입학 원서 보내랴, 비자 받으랴 이것저것 다 계산한 금액이에요. 거기서 제 손에 떨어지는 돈은 거의 없습니다."

모씨가 천연덕스럽게 말했다.

공씨 부인은 남편 얼굴을 한 번 흘깃 쳐다본 후 한마디했다.

"저, 선생님께서 우리 이민까지 확실히 맡아 주실 수 있다면 어떻게라도 준비해 볼게요. 우리 아파트 있는 거 팔면 좀 여유가 있을 테니까요."

"아유, 우선 제 역량을 믿어 주세요, 절대 걱정들 마시고. 선생님은 제때 퇴직하시고, 아드님 초청 비자 기다리는 동안 영어학원에나 나가세요. 눈 깜짝할 사이입니다."

모씨가 윙크하듯이 눈 한쪽을 찡긋했다.

공씨 부인은 미국 물이 들어선지 활달한 성격의 모씨가 꿀먹은 벙어리형의 남편과는 퍽 대조적인 남자라고 생각했다. 게다가 모씨는 40대 후반인데 아직도 독신이라고 하니, 동년배인 공씨 부인의 호기심을 묘하게 자극하는 데가 있었다. 우선은 아들 유학 보내는 일을 추진해 주겠다고 하니, 있는 돈과 변통할 수 있는 돈을 모두 모아서 일을 착수하기로 마음먹었다.

"한번 수고해 주세요. 부탁합니다."

공씨 부인이 애교스럽게 말했다.

"알겠습니다. 마침 제가 내주에 뉴욕으로 돌아가야 합니다. 가자마자 아드님 학교를 선택해서 입학 허가서를 받아 드릴 테니 우선 1만 5천 달러만 선금으로 마련해 주십시오."

모씨가 자리에서 일어나며 말했다.

"아유, 내주에 뉴욕으로 가신다고요? 그럼 3일만 여유를 주세요. 준비해서 드릴게요."

공씨 부인도 일어나며 말했다.

다행히 그녀가 지난 4년간 꼬박꼬박 부어 두 달 후에 탈 예정인 곗돈을 달러로 환산하면 3만 달러쯤 될 것이고, 우선 선불로 줄 1만 5천 달러는 집에 있는 비상금과 계주한테서 얼마라도 변통하면 될 수 있을 거라고 생각했다.

"그렇게 하세요. 그리고 나머지는 아드님 비자 받는 날 주시면 됩니다."

이렇게 말을 남기고 모씨는 바쁘게 나갔다.

그렇게 떠난 후 2개월 동안 모씨는 열흘이 멀다 하고 서울과 미국을 몇 차례 왕래했다. 물론 공 씨 아들 외에도 수십 건의 거래가 있는 모양이었지만, 어느 날 모씨는 공 씨 아들의 미국 입국 비자와 여권뿐만 아니라 LA행 비행기표까지도 마련해 왔다. 그가 만반의 출국 서류를 준비해 왔을 때 공씨 부인은 그의 능란한 수완에 다시 한 번 놀라 그가 마치 구세주처럼 보였다.

일주일 후, 아들은 모씨의 안내를 받으며 대여섯 명 되는 다른 학생들에 끼어 로스앤젤레스로 향했다.

"아들아, 모 선생님 말 잘 듣고 한눈팔지 말고 열심히 공부해라."

비행장 대기실에 서서 상기된 아들의 얼굴을 쓰다듬으며 공씨 부인은 눈물을 흘렸다.

아들이 미국으로 떠나고 3일 후 로스앤젤레스에서 모씨로부터 전화가 왔다. 공 씨 아들은 다른 유학생들과 로스앤젤레스 교외의 작은 아파트를 찾아 입주했고, 우선 지정된 어학원에 모두 같이 다니게 되었다고 했다. 그리고 마침 옆에 앉아 있는 아들의 목소리라도 들으시라고 전화를 바꿔 주었다.

"엄마, 저 벌써 여기 길 많이 익혔어요. 야자수가 무성하고 참 멋있어요."

아들의 밝은 목소리에 우울증도 사라진 것 같아 공씨 부인은 감사와 안도의 한숨을 쉬었다.

"그래 아들아, 우리도 곧 이민 수속해서 만나러 갈 테니까 절대 불안해하지 말고 열심히 공부하고, 일은 쉬어가며 해라."

공씨 부인이 말을 끊는데 "아, 여기 선생님이 잠깐 하실 말씀이 있대요." 하고는 아들이 모씨를 바꿔 주었다.

"아주머님, 저 3일 후에 서울에 갈 거예요. 그럼 그때 뵙겠습니다."

"아 네, 그러지요. 안녕히⋯⋯."

그날 저녁 공씨 부인은 퇴근하여 집에 돌아온 남편에게 아들이 미국에 잘 도착해서 큰 문제없이 유학 생활 하고 있다는 전화 내용을 알려 주었다.

"잘됐군. 그놈은 애비처럼 월급쟁이가 되지는 않겠지? 미국에서 열심히 뛰면 무엇이라도 되겠지?"

공 씨는 아내의 말에 응대하고는 피곤한 듯 잠자리에 일찍 들었다.

아들의 새로운 미국 생활과 온 가족이 머지않아 미국으로 갈 수 있게 될 것이라는 기대에 공씨 부인은 마음이 설레어 잠도 오지 않는데, 자기의 이런 기분을 맞추어 주는 다정한 말 한 마디 없이 그저 잠만 청하는 남편이 매정스럽게 느껴졌다. 벌어다 주는 돈 한 푼도 사치하지 않고 모아서 아들을 미국에 보냈건만, 자기한테 수고했다는 말 한 마디 없이 그저 코만 골고 있는 남편이 얄미웠다. 알 수 없는 울분이 왈칵 솟았다. 결혼 때 받은 함단지를 빼고 남편에게 받은 반반한 선물로는 어깨나 겨우 덮을 하얀 밍크 숄뿐…, 미국에 빨리 가서 자기도 열심히 일해 기다란 밍크 코트 하나 사 입고 싶었다. 이 생각 저 생각 하며 잠을 청하는데, 잠은 안 오고 쉰 살을 내다보는 꺼칠한 자기 손등이 억울하게만 느껴졌다.

일주일 후에 모씨가 다시 서울에 왔다. 그는 공 씨 부부와 중학교를 졸업한 딸의 미국 비자를 받기 위해 곧 서류 준비에 들어가야 한다며 서둘러 댔다. 미국에 있는 아들만 바라고 정식으로 이민 비자를 따려면 10년은 기다려야 하니 차라리 관광 비자로 들어가 불법으로나마 일을 시작해서 돈을 버는 게 낫지 않겠느냐, 아들도 벌써 한국 식료품 가게에서 배달원으로 일을 시작했고, 월급은 턱없이 적지만 학교를 계속 다니며 학생 비자를 살려 둬야 하니 얼마 동안은 집에서 학비를 계속 보태 줘야 한다고도 했다. 공씨 부인은 일주일 후에 미국으로 돌아가는 모씨에게 아들의 학비와 생활비를 건네주었다.

그런 와중에 공 씨는 평생 공무원직에서 퇴직하게 되었다. 퇴직을 하자 공씨 부인은 미국 비자가 어떻게 됐나 하고 모씨에게 국제 전화로 문의했다. 모씨는 가족이 다같이 떠나려면 비자가 지연될 것이니, 우선 공 씨라도 미국으로 먼저 가서 생활 기반을 잡아 보겠다면 몇 주일 내로 노동 허가를 신청할 수 있겠다고 했다. 그에 대한 수고비는 1만 달러. 공 씨 부부는 우선 아들도 만나볼 수 있겠고 일자리도 찾아 준다고 하니, '이제 와서 그런 돈 쯤이야.' 하고 쾌히 승낙했다.

한달 후에 모씨가 미국에서 무슨 서류를 갖고 왔는데, 공 씨가 뉴욕의 한 교포가 운영하는 대형 야채가게에서 야간 근무를 하게 된다고 했다. 주급은 현찰로 500달러. 공 씨 부부는 또 한 번 모씨의 수완에 놀랐고, 공 씨는 몇 주일 후 뉴욕으로 가는 길에 로스앤젤레스에 들러 며칠 동안 아들을 방문할 여정을 잡고 미국으로 떠났다.

이제는 남편까지 미국으로 떠나 그녀가 사는 한옥은 더욱 썰렁하게 느껴졌지만, 공씨 부인과 딸은 앞으로 미국에 가서 식구들과 재회할 희망을 갖고 모씨가 다시 오기만 기다렸다.

그러던 어느 날 낮에 예고도 없이 모씨가 찾아와 할 얘기가 있으니 점심 식사도 할 겸 밖으로 나가자고 했다. 공씨 부인은 남의 남자와 식당에 가는 일이 불편하게 생각되어 마침 점심 준비를 하고 있었으니 그냥 집에서 먹자고 했다. 모씨는 쾌히 승낙하며 신발을 벗고 방으로 들어왔다.

공씨 부인은 모씨가 마치 남동생 같아서 두부찌개는 물론 돼지고기전과 소주까지 곁들여 상을 차렸다. 소주 몇 잔에 홍조로 상기된 모씨는 옆에 있는 공씨 부인에게 자기가 마시는 술도 권하며 그녀의 손을 천천히 잡아당겼다. 그리고 얼굴을 약간 숙여 그녀의 손등에 가볍게 키스했다. 공씨 부인은 섬칫 놀라며 그의 입술에서 손등을 옹그려 가져갔다.

"아주머니, 뭐가 그렇게 부끄러우세요? 이건 미국에서 신사가 아름다운 여인에게 해 주는 인사입니다. 아니 이렇게 대접받고 그런 인사쯤이야······."

모씨는 허허허 웃으며 말했다. 그때 밖에서 공 씨 딸이 들어오는 기척이 나자 모씨는 벌떡 일어섰다.

"아유, 밥 잘 먹었습니다. 며칠 후에 서류 갖고 다시 뵙겠습니다."

모씨는 허둥지둥 방에서 나갔다.

여기서 공씨 부인은 이야기를 멈추고 두 손으로 얼굴을 가렸다. 그의 손등이 떨리는 듯하면서 그녀는 침묵했다. 나는 그녀의 침묵 속에 스쳐드는 어느 슬픈 여운을 느끼며 말했다.

"혹시 피로하시면 여기서 이야기 끊으셔도 돼요. 부검사가 대충만 들어도 된다고 했으니까요."

나는 그녀를 안심시켰다. 그때 그녀는 얼굴을 들면서 다짐하듯 말했다.

"아니에요. 저는 이 이야기를 누군가에게 토로하고 싶었어요. 계속 들어 주시겠다면 이 부분만은 간단하게 요약하고 말씀 드릴게요."

"물론이에요. 편하신 대로 하세요."

나는 잔잔히 미소 지어 주었다.

"일은 거기서 끝났어야 했는데…, 그 손등 키스와 나를 아름답다고 말해 준 야릇한 여운이……. 며칠 후에 그가 다시 찾아왔을 때 그만 정을 주고 말았어요."

나는 그녀가 '정을 주고 말았다'고 했을 때 그 정확한 의미를 확인하고 싶었다. 하지만 그녀의 마음을 더 이상 어지럽힐 수 없어 나는 그냥 함구했다. 물론 '그'라는 말은 모씨를 말하는 것이었겠고…, 그때 그녀가 말했다.

"제가 남편에게 죽을 죄를 짓고 말았지만, 그때는 이상하게도 아무 죄책감이 느껴지지 않았어요."

그녀는 처녀 시절에 재정 문제로 숙대 불문과를 중퇴하고, 자

칭 낭만파 시인이 되겠다고 끄적거리다가 부모님의 성화로 중매 결혼에 굴복한 자신에 대한 조롱 행위였는지, 아니면 낭만은커 녕 지난 10년간 아내 팔짱 끼고 극장에 한 번도 데려가 주지 않은 남편에 대한 앙심풀이었는지…, 아무튼 자신의 죄책감을 의식적으로 피했다고 덧붙였다.

그런 후 모씨는 다시 미국으로 건너갔다. 그로부터 몇 달 후에 공씨 부인은 남편으로부터 한 통의 편지를 받았다. 그녀는 왠지 철렁하는 가슴을 가다듬고 편지를 뜯어 보았다. 언제나 말이 없던 남편이었는데, 친필로 가득 채운 두 장의 편지에는 말의 서두가 어수선했지만 계속 이어지는 문구 사이사이는 진한 외로움의 그림자로 가득 채워져 있었다.

브루클린의 한 청과상에서 해가 뜨고 지는 것도 볼 겨를 없는 장시간의 노동으로 고달프지만 그런대로 사랑하는 아내와 자식을 기다리며 마음의 위안을 삼고 있다는 편지였다. 그리고 공씨 부인이 살고 있는 집과 월세로 놓은 아파트를 처분해 빨리 미국으로 와서 그 돈으로 침실 하나에 거실 딸린 아파트 얻고 딸 영어 학원에 보내면, 우선 세 식구가 살 수 있을 거라는 내용이었다. 편지를 다 읽고 난 공씨 부인은 자기 가슴에 새삼스럽게 저며 오는 남편의 애정과 그에게 숨겨 온 불륜 행위에 눈물을 흘리며 오랜만에 교회에 나갔다.

며칠 후, 공씨 부인은 모씨에게 국제 전화를 걸어 되도록 빨리 미국 비자를 추진해 달라고 종용했다. 그리고 월세 놓았던 아파트를 헐값으로 팔아 여기저기 빚진 돈을 다 갚고 4만 달러를 만들었다. 살고 있는 집은 우선 미국에 갈 때까지 딸과 기거해야 하기에 팔지 않고 친정에 부탁하여 자기가 미국으로 떠나면 연락이 올 때까지 봐달라고 할 작정이었다.

이틀 후 모씨로부터 전화가 오기를, 5개월쯤 후에 비자가 나올 예정인데 그 이전에 서울에 온다는 연락이었다. 공씨 부인은 모씨가 끝까지 자기를 등한시하지 않고 꾸준히 연락해 주었고, 게다가 한 번 맺었던 정도 있고 해서 이번 수속 비용이 얼마냐고 묻기에는 그를 너무 의심하는 것 같아 알겠다고만 하고 전화를 끊었다.

2개월 후 모씨가 찾아왔다. 그는 워낙 바쁜 여행이라서 우선 공씨 부인을 잠깐 만나 수속할 서류를 받아 가기 위해 들렀다며 서둘렀다. 공씨 부인이 수속 비용을 물었을 때, 모씨는 나중에 미국에 가서 달라고 했다. 공씨 부인은 그가 더 이상 찝쩍대지 않아 다행으로 생각하면서 그를 계속 신임하게 되었다.

그로부터 석 달 후, 모씨로부터 비자가 나왔다는 연락이 왔다.

"그런데 아주머니, 미국에 가져가실 돈은 있으시죠?"

"그럼요. 제 아파트 팔았잖아요. 한 4만 달러 되는데……."

"아유, 그럼 그 돈 누구에게도 보이지 마세요. 미국 세관에서

1만 달러 이상은 허용하지 않아요. 괜히 공항에서 뺏기지 마시고 3만 달러는 제가 필요한 정보를 드릴 테니 제 회사 이름을 빌려 정식으로 송금하시면 미국에 오시는 대로 곧 찾을 수 있게 해드릴게요."

공씨 부인은 그의 말에 선뜻 그러마 하고 모씨가 불러 주는 은행 이름과 그의 계좌 번호를 또박또박 받아서 종이에 적었다.

그 후 3개월 좀 넘어서 공씨 부인과 딸이 뉴욕 케네디 공항에 도착했다. 처음 밟은 미국 땅에 꿈 같은 기분이었다. 그러나 1년 남짓 지나서 보게 된 남편의 얼굴은 알아보지 못할 정도로 거칠고 야위었고, 선비같이 말끔하던 그의 손은 지게꾼 할아버지 손으로 변해 있었다. 그래도 자유의 나라에서 옛날같이 상관 눈치 보며 살지 않아 좋다고 벙긋 웃어 보이는 남편이 처량하게만 보였다. 일생 동안 일만 하고 살아 온 이 마지막 여행길에서 다 늙어버린 자신들이 너무나 초라해진 느낌이었다. '아마도 긴 비행의 피곤 때문이겠지.' 하고 공씨 부인은 실망과 좌절을 꿀꺽 삼키고 큰 짐을 다 풀었다.

이틀 후, 모씨에게 전화를 걸었다.

"네, 저 브루클린 아파트에 잘 도착해서 전화드려요. 사시는 곳이 어딘지 모르지만 한 번 와 주세요. 우리 돈도 처리해야 하니까요."

"아, 물론이죠. 근데 지금은 좀 바쁜 일이 있는데, 2주일 후에 제 사무실에서 만나요."

모씨는 자기 주소를 일러 주고, 교포가 운영하는 한인 콜택시 번호까지 알려 주었다.

그 후 처음으로 일주일간의 휴가를 받은 남편과 그리고 딸과 함께 뉴욕 전철을 여러 번 타고 뉴욕 한인 상가 등 몇 군데를 구경하며 돌아다녔다.

일주일 후, 모씨를 찾아갈 때는 이미 익혀 둔 전철로 혼자 찾아갈 수 있었다. 그곳은 퀸즈 한인 밀집 지역에 있는 작은 건물이었다. 허술하고 좁은 층계를 올라 2층에 가서 방문을 조용히 노크하자 모씨가 활짝 웃으며 문을 열어 주었다.

"아! 아주머니, 들어오세요. 이렇게 미국에서 만나니 정말 반갑습니다. 꿈만 같군요."

모씨는 반갑게 공씨 부인을 맞았다.

"앉으세요. 방이 좁아서 의자도 없으니 침대에 앉으세요."

그러면서 찰칵 문고리를 잠갔다.

공씨 부인은 그 방을 모씨의 사무실로 알고 갔는데, 책상은커녕 작은 침대 하나로 꽉 찬 협소한 호텔방이었다.

그때 공씨 부인은 나를 한 번 힐끔 쳐다보고 다시 벽 쪽으로 눈길을 돌렸다. 그리고 힘없이 말을 이었다.

"나는 그 사람이 문고리를 잠갔을 때 약간 이상한 기분이 들었지만 그가 하얀 봉투를 호주머니에서 꺼내서 주길래 '내 돈을 돌려주는구나.' 하고 봉투를 열었어요. 그런데 그 안에는 100달러짜리가 얄팍한 묶음으로 들어 있었어요. 나는 '3만 달러가 있어야 하는데 웬일로…….' 하고 모씨를 의아하게 쳐다보았어요. 그때 그가 하는 말이 '5천 달러입니다. 나머지는 아주머니와 따님 수속비로 다 들어갔어요.' 하지 않겠어요? 저는 벼락맞은 기분이었지만, 거기 앉아서 이러쿵저러쿵 따질 수도 없고 해서 '죄송하지만 계산을 잘못하신 것 같으니 다음에 한꺼번에 다 주세요.' 하고 봉투를 다시 그에게 건네주는데, 그가 그 봉투를 탁 쳐버리더니 갑자기 내 어깨를 덥썩 쥐고 '아주머니! 작년 우리 둘이서, 그 일 기억하시죠?' 하고 외마디 하면서 나를 침대로 밀어 눕히지 않겠어요?"

여기서 공씨 부인은 두 손으로 얼굴을 덮어 자기 무릎으로 떨구었다. 굵은 눈물 줄기가 손가락 사이로 소리없이 흘러 내렸다. 나는 알 수 없는 현기증에 가만히 눈을 감고 의자 등에 기대 앉았다. 그러다 내 핸드백에서 깨끗한 크리넥스 몇 장을 찾아 그녀에게 건네주었다. 그녀는 눈 언저리를 닦으며 입을 열었다.

"이제는 더 이상 말을 못 잇겠어요. 너무나 더럽고 창피해요. 그날 강간당하고, 돈 한 푼 받지 못하고 이 지경이 됐어요. 제 남편마저 이 일을 알게 되면 어떻게 될지 생각만 해도 두려워요!"

나는 얼굴을 떨군 채 "Rape(레이-입)" 하고 영어 단어를 내 입

속에서 굴려보았다. 사르르 도마뱀같이 내 혀끝을 구르며 스쳐가는 간단한 단어였지만, 그 실체는 갖가지 형태의 형용사·부사·동사 들이 얽히고 설키면서 처절한 신체적 그리고 심리적인 반응을 자아내는 흉악스런 단어임을 그녀도 잘 알고 있었을 것이다. 하지만 그런 행위가 범해졌다는 사실을 입증할 증거를 그녀가 어떤 형태로든 확보하고 있는지 알 수 없었다.

그 일이 일어나기 전까지만 해도 비교적 순탄하게 보였던 그녀의 여로였지만, 이 비극의 분출기는 깊숙한 그 호수 바닥에서 이미 잉태되고 있지 않았던가. 아무리 미국이라고 하지만 과연 이 땅에서 얼마만큼의 정의가 그녀에게 약속될 수 있을 것인지? 나는 그 방에 앉아 꽃도 피기 전에 짓밟힌 그녀의 아메리칸 드림의 불장난을 더 이상 들을 수 없을 것 같았다. 당장 뛰어나가 상처투성이인 우리 이민자들의 오만 가지 숨겨진 비극에 오열하며 통곡하고 싶었다. 아니, 그것도 같은 선조를 둔 동족끼리…….

바로 그때다. 여비서가 들어와 부검사로부터 또 연락이 왔는데, 시간이 더 지연되고 있으니 다음 날 다시 와 줄 수 있는가 물었다. 내가 그 말을 전해 주니 공씨 부인이 말했다.

"아유, 막상 통역사님께 이야기를 하니 마음이 퍽 후련해진 기분이에요. 이런 일을 어떻게 검사님께 다시 털어놓겠습니까?"

나는 비서에게 그대로 말을 전할까 망설이며 그녀 쪽으로 몸을 천천히 돌리는데, 공씨 부인이 다시 한마디 던졌다.

"저… 그렇게 말씀하지 말구요, 제가 몸이 좀 아파서 가 봐야 한다고만 해 주세요. 사실 제 심장이 자꾸 뛰어서 의사를 찾아가 봐야 할 것 같아요."

내가 비서에게 그렇게 말을 전하니, 그녀는 공씨 부인이 의사 진단을 받고 나중에 올 때 진단서를 가져와도 된다고 했다. 나는 미국에 도착한 지 얼마 되지 않은 공씨 부인에게는 그 비서의 진단서 요청이 생소하게만 들릴 것을 알면서 그대로 통역해 주었다. 공씨 부인은 어렴풋하게 "네." 하고 대답했다.

나는 사무실을 나가기 전에 비서 책상을 향해 서서 머뭇머뭇하다가 그녀에게 물었다.

"제 일이 끝났으니 통역비 지급 요청서에 사인하고 갈 수 있을까요?"

그 비서가 의례적으로 주어야 할 용지를 가리키며 말했다.

오고 가는 시간과 공씨 부인과 앉아 있던 시간을 계산하면 최저 임금보다 조금 높을 금액을 차후에 수표로 받도록 되어 있는데, 그 비서가 대답했다.

"아, 아직 이 사건의 케이스 번호가 배정되지 않았고 부검사와의 면담도 없었으니, 다음에 올 때 부검사님의 허락을 받고 결정하시죠."

나는 그때 마음속으로 '아차! 아침에 전화 받았을 때 지금 문제를 미리 확인 받고 올 것을……' 하고 내 자신의 무능함을 자책했다. 하기야 그 비서도 통역 지급 문제에는 하등의 결정권이 없음을 나도 잘 알고 있는 상태에서 얼마 되지도 않을 통역비로 그녀와 경솔한 말을 나누고 싶지 않아 울며 겨자 먹기로 웃으며 말했다.

"그래요. 오늘 일은 그냥 자원봉사로 처리해 주세요."

그녀는 나의 부드러운 반응에 놀랐는지 동그란 눈을 더욱 동그랗게 뜨고 웃으며 말했다.

"땡큐! 다음에 그 여인이 올 때 꼭 전화할게요. 그때는 틀림없이 오늘 시간까지 지급 받을 수 있게 할게요!"

나는 그녀의 말을 믿었지만, 수년간 통역 일을 하면서 머리가 잿빛으로 변한 느지막한 나이에 '이런 봉사쯤이야!' 하고 자신을 달랬다. 더욱이 한 여인의 독백같이 쏟아지는 숨은 고뇌와 슬픔의 이야기를 들어줌으로써 그녀에게 얼마라도 위로가 되었다면 그것은 금전보다 귀한 보람이라 생각되었다.

나는 비서와 인사를 나눈 후 같이 가자고 문 밖에서 기다리는 공씨 부인과 함께 그 건물을 나왔다. 그리고 두 블록 떨어진 전철역을 향해 말없이 걸으면서 생각했다.

'과연 공씨 부인이 다시 오겠다고 연락을 할 건지…, 그리고 일생을 바쳐 모은 돈을 이민 수속비에 다 써버렸다고 날도둑 같은 소리를 하는 성폭행자 모씨……. 하지만 비좁은 고국 땅을 등지고 와서 더욱 비좁게 붐비는 교포 사회에 끼여 중노동으로 가족을 부양하는 남편을 두고 어떻게 이 일을 털어놓고 패가망신할 수 있단 말인가. 자신과 남편, 아니 그보다 앞날이 창창할 자식들의 얼굴을 손상시킬 사실이 얼마나 그녀를 괴롭힐 것인가. 그뿐이랴, 모씨를 성폭행자로 고발함으로써 이민 브로커의 불법 행각이 발각될 수도 있을 것이고, 그렇다면 공씨 가족의 불법 체류도……'

그때다. 공씨 부인이 나를 쳐다보면서 생긋 미소를 지었다.

"사실은 제 아들이 가게 주인 따님과 연분이 맞아 곧 결혼하게 됐어요. 그 주인 가족이 모두 미국 시민권자래요."

조금 전까지도 비통해 있던 얼굴에 피어난 그녀의 미소에는 새싹같이 피어나는 생존의 갈구, 아니 영원한 모성애의 향기가 물씬했다. 나도 함빡 웃으며 축하드린다고 대꾸하는데, "아! 저기 전철이 오네요. 안녕히 가세요!" 하며 공씨 부인은 층계를 총총거리며 내려가 막 닫히는 문 사이로 미끄러지듯 들어갔다. 나도 뛰어가 같은 전철을 탈 수도 있었지만, 왠지 그녀를 놓아 주는 것이 예의일 듯하여 플랫폼에 남아서 사라지는 하얀 밍크 목도리를 향해 손을 흔들어 주었다. 그리고 속삭임으로 염원했다.

"시인의 꿈 잊지 마세요."

아마도 그 염원은 그녀뿐만 아니라 내 자신을 위한 것인지도 몰랐다. 나는 홀가분한 기분으로 다음 전철을 기다렸다.

—《지구문학》 2012년 봄호, 신인상 당선 소설, 서울

《지구문학》 2012년 봄호
〈하얀 밍크 두른 여인〉 신인상 당선 소설 심사평

이민 브로커의
충격적인 사기 행각 묘사

모씨는 한국에서 공직자로 일생을 성실하게 살아온 가족을 이민시켜 준다는 조건으로 공씨 부인으로부터 거금을 사취함과 동시에 성폭행까지 한다. 피해자 공씨 부인이 너무도 억울하여 찾은 곳은 미국 뉴욕 근교의 검찰청. 때마침 부검사가 법정에 출석 중, 재판이 지연되는 동안 한국인 통역사에게 저간의 사실을 실토한다. 공씨 부인은 "아유, 막상 통역사님께 이야기를 하니 마음이 퍽 후련해진 기분이에요. 이런 일을 어떻게 검사님께 다시 털어놓겠습니까?"라고 말한다.

공씨 부인은 이 사건을 그냥 덮어두겠다는 의지를 보이는 대목이다. 고발할 경우 필연적으로 공개될 공씨의 성폭행당한 사실과 사기당한 일로 가정 파탄의 비극이 두렵고, 불법 체류 사실까지 드러나면 앞날이 난감해질 뿐이기 때문이다.

그러나 이민 브로커의 교묘하고 지능적인 사기 행각을 경계해야 한다는 사실을 이 작품은 현실감 있게 추구하고 있다. 문장이나 작품의 구성과 그 전개 과정이 무난하며, 유니크한 단일 효과를 통해 사건을 미학적 극적으로 형상화한 점이 인상적이다.

이 작품을 당선작으로 뽑는다. 앞으로 더 좋은 작품을 기대해 마지않는다.

  — 심사위원 구인환(소설가, 문학평론가), 김태호(소설가)

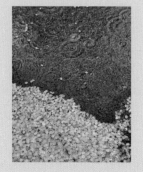

A Book of Poetry, Stories and Images

아버지께 드리는 글

한평생 자식들을 위해 살아간
아버지의 사랑을 회고하며
이 글을 붙입니다.

아버지 감사합니다,
용서하세요

　아버지, 오늘은 아버지가 서울의 한 병원에서 길고도 짧은 인생을 외롭고 고통스럽게 작별하신 날. 이미 20년이 훨씬 넘었지만 아직도 어제 같은 날입니다.

　저는 뉴욕에서 그 처절한 소식을 둘째 오빠로부터 연락받고 밤새 뜬눈으로 새우다가 다음 날 유독히도 햇빛 찬란한 맨해튼 거리로 나와 한 성당을 향해 걷기 시작했습니다. 제 아파트 길 건너에 성당이 하나 있지만, 아버지 천당 가시는 길이 낯설고 두려울까 봐 같이 손 잡고 걸어가고 싶어 좀 더 떨어진 5애비뉴의 성패트릭 성당으로 향했습니다. 저는 소란하고 어지러운 맨해튼 거리를 슬픔에 젖어 아버지와 어정어정 걸어갔고, 이른 오후의 그리 붐비지 않는 성당에서 먼저 떠나신 어머니와 상봉하셨을

아버지의 명복을 빌고 나오니 조금 위안이 되었습니다.

지금 저는 맨해튼의 한 아담한 카페에 앉아 핫초콜릿에 치즈 샌드위치를 시켜 놓고 제가 항상 지니고 다니는 랩톱 컴퓨터를 꺼내서 글을 이어 가겠어요. 아버지, 웃지 마세요. 저는 가끔 기회가 되면 점심 시간이 지났을 때 어느 카페에 들어와서 이렇게 글을 쓰곤 하는 습관이 있는데, 그 시간이 저에게는 가장 즐거운 고독 아닌 고독의 시간이라고 할까요? 이제 먼저 이야기로 이어 가겠습니다.

둘째 오빠로부터 아버지의 임종 소식을 받기 전날 밤, 아버지가 담석증으로 수술실에 들어가기 전에 한 번 전화 통화했던 것이 기억납니다. 아버지의 음성은 바닷속에서 한가닥의 새끼줄이라도 잡을 듯이 하염 없는 지침과 두려움에 꺼져 가고 있었습니다. "아버지, 힘 내세요. 그리고 수술에서 꼭 살아 나오세요!" 하고 제가 외마디같이 한 말이 기억나는데, 아 그말이 결국 우리의 마지막 대화가 되었다는 사실이 원망스럽고 죄스럽기만 하네요. 저의 마음 뒷전에는 팔순이 넘는 아버지가 수술을 제대로 이겨 낼 수 있을까 하는 두려움이 없지는 않았으나 일생을 건강하게 초인같이 살아 오신 아버지는 반드시 살아 나오실 것이라고 믿고 싶었습니다. 저는 허황된 목소리에 미소를 입히고 "아버지, 우리 곧 만나요!" 하고 덧붙였지요. 그리고 옆에 있는 파랑 눈 남편에게 전화를 쥐어 주고 "Say, 'I love you' for me to my father.(내 대신 아버지에게 사랑한다고 말해 줘요!)"라고 했더니 그는 굵직하고 선명한 목소리로 "We love you, father!"라고 하지 않겠어요? 그의 목소리는 성우직과 배우직에서 연마된 황금 목소리였답니다. 이 얼마나 교묘한 전술이었던가요! '아버지 사랑한다'는 말을 왜 제 입으로 안 했는지, 아니 못 했는지요? 그것은 아마도 우리의 사랑은 한민족 특유의 정서가 사무친 '정'의 신비에 싸인 무언의 진리가 아닐까요? 그래서 우리는 사랑한다는 말을 하지 않은 채 일생을 사랑하고 살았나 봐요. 언젠가 저의 파랑 눈 남편이 말한 적이 있었습니다. "I think I already know your father as if I met him long time ago.(나는 네 아버지를 옛날에 만난 사람처럼 잘 알고 있는 기분이야.)" 아마도 이것이 아버지에 대한 최대의 경의였고, 제 대신 아버지에게 사랑한다는 말을 전해 준 것은 제가 꿈에도 생각지 못한 가장 숭고한 선물이었습니다.

하지만 우리는 결국 이혼할 수밖에 없었던 운명이었나 봐요. 수년 동안 서로 사랑한다고 뇌까리며 살았지만, 그리고 사랑할 때는 연인들답게 사랑했어도 워낙 피부와 자라 온 환경과 문화가 다른, 아니 사랑의 철학마저 다른 두 이방인이 한몸같이 영원할 수는 없었나 봅니다. 변명 같지만 미국처럼 '아이 러브 유'가 흔한 나라가 없는가 하면, 이혼율 또한 그와 맞먹는 것 같네요. 하지만 아버지, 저는 행복했습니다. 그날 밤 아버지와의 대화가 마지막이 되었다는 사실은 한없이 슬프고 죄스러웠지만, 아버지에게 사랑한다고 말씀을 전할 수 있었던 것이 하나의 위로였습니다. 우리는 운명의 장난같이 이혼하고 말았지만 그가 아니었으면 이 세상에서 어느 누가 저 대신 아버지에게 사랑한다고 말해 줄 사람이 있었겠습니까!

저는 이혼하면서 맨해튼 동쪽에서 서쪽의 단출한 스튜디오 아파트로 이사왔는데, 이 아파트는 허드슨 강과 센트럴파크 사이에 있어요. 저는 가끔 허드슨 강변과 센트럴파크를 번갈아 헤매면서 수많은 사진을 찍고, 길 건너에는 150년이 넘는 석조 건물 세인트 폴 성당이 있는데 가끔 조용한 시간에 들러서 묵상과 기도를 올리곤 하지요.

아버지는 우리에게 항상 편하고 널찍한 집에서 자라게 해 주셨습니다. 수십 년 전 우리 조국이 악랄한 일본 식민 쇠사슬에서 해방되면서 아버지는 불어나는 가족을 서울 도렴동의 아늑한 한옥에서 한강 바로 너머의 야산 기슭에 넓고 넓은 정원을 끼고 있는 커다란 저택으로 옮겼습니다. 이사한 후 7년쯤 지났을 때였습니다. 거기에는 이미 각종 꽃나무와 수목이 무성했는데, 어느 날 아버지가 키 큰 꽃나무 두 그루를 사왔습니다. 아버지는 그 꽃나무를 정원에 심어 놓고 저에게 미소 지으시며 말씀하시기를, "영자야, 목련화다."라고 했습니다.

그 후 세월은 강물같이 흘러갔고 세상이 몇 번 바뀐 지금인

데, 한 가지 새삼스레 느껴지는 일은 그때 아버지의 얼굴은 어딘 가 슬픔에 차 있었다는 사실이었습니다. 그 이유는 무엇이었을 까요? 그 대답은 이 글이 끝나기 전에 다시 되돌아보겠지만, 제가 이혼한 후 센트럴파크를 홀로 쏘다닐 때 그와 똑같은 빨간 목련꽃을 발견했답니다. 이 목련나무는 아버지 것보다도 훨씬 더 컸지만 아버지의 자색 목련꽃 그대로였습니다. 저는 핸드백에서 카메라를 꺼내 찰칵찰칵 사진을 찍어 두었지요. 그중에 하나를 골라서 제가 써 놓은 시와 함께 이 책에 올렸습니다.

〈천송이 목련화(A Thousand Magnolias)〉는 항상 부모님께 못다한 사랑과 죄책감 때문이었는지 어느 날 짧은 영시 몇 줄이 제가슴에 뿌드듯 뭉켜 왔습니다. 어찌 한글이 아니고 영어로 먼저 썼냐고 하시겠지만 그것은 아마도 제일 먼저 떠오른 첫 단어가 영어였기 때문이라고 생각되네요. 한편 제 마음이 정적인 상태에서 첫머리가 한글로 나오게 되는 경우에는 그대로 한글로 이어 가게 되는데, 물론 글이라는 게 쉽게 써지는 일은 거의 없지요. 어쨌든 이중 언어로 창작하는 데는 어떤 공식도 없지만, 아마도 저의 정서적인 자세와 언어, 그리고 두뇌의 심바이오틱 (Symbiotic)한 상호 작용이 아닐까 생각되네요.

아버지 돌아가신 후 한 열흘 후에 첫째 동생으로부터 귀한 편지 한 통을 받고 위로를 받았던 일이 있었습니다. 아버지가 수술

받기 전에 생전 연락이 없었던 셋째 딸 동생이 아버지를 모시고 어느 음식점에 가서 좋아하시는 냉면을 같이 들고 나왔는데, 아버지가 울먹이셨다고 했어요. 결국 그것이 아버지와의 마지막 만남이 되어 버린 슬픈 사실이었지만, 그것은 아버지와 제 첫 동생이 사랑과 용서를 주고받은 시간이었다고 생각되네요.

아버지, 동생은 날 때부터 몸이 약해서 어머니 품에서만 자라서인지 아버지와 돈독한 정을 키우지 못했는지도 몰라요. 그 대신 세 살 위인 제가 출생했을 때는 첫째 딸이 생긴 후 아들만 셋이 연거푸 나오다가 둘째 딸이 태어나서 기쁘셨나 봐요. 나중에 알게 되었지만 저보다 아홉 살 위인 언니도 세 명의 개구쟁이 동생만 보다가 제가 생겼을 때는 퍽 반가웠다고 했어요. 그래서인지 언니는 저를 데리고 친구들도 만나고, 혹가다 영화관에도 데리고 가곤 했어요. 그런데 저는 세 살이 어린 첫 동생을 데리고 어디를 간 적이 있었는지 기억나는 일이 없네요. 물론 아주 어렸을 때는 소꿉장난도 하고 널도 같이 뛰고 했겠지만, 그리고 소학교 때 가끔 학교에 같이 등교하든가 어머니 심부름으로 동네 시장에 같이 가곤 했던 기억은 있어요. 하지만 우리 모두 자라면서 학교 공부며, 연달아 시험을 치르며 살아야 했던 현실 때문이었던 이유도 있었다고 생각해요.

아, 그것뿐인가요? 그 밑에 또 생긴 남동생 막내하고는 더욱더 멀었던 것 같습니다. 다행이었던 일은 제가 대학에 입학한 후

어느 무더운 여름에 아버지의 축복으로 그 어린 동생을 데리고 '팔당'에 갔던 일이 기억에 있어요. 둘이서 손잡고 아담한 호수를 거닐던 기억이 납니다. 그 동생이 자라서 혼인도 일찍 하고 어느 화학제품사에서 일하면서 어린 두 딸을 키우며 잘 살고 있었지만, 아버지 돌아가신 지 20여 년 후에 심한 당뇨병으로 세상을 떠났답니다. 그 막내 동생은 몸도 약했는데, 수년 동안 직장에서 야간 근무를 하며 혹사하다가 퇴직 나이를 채우기 바로 전에 그만 숨을 거두었어요. 불행 중 다행으로 그 동생은 아내와 두 딸을 위해 온전한 집 한 채를 남기고 갔지만, 그렇게 고된 삶을 살다가 훌쩍 떠난 막내가 한없이 가엽기만 하네요. 아마도 그때 아버지가 살아 계셨다면 그 슬픔과 고통을 어떻게 이겨 낼 수 있었겠는지 생각하기도 두렵네요.

사랑하는 세 형제들은 각기 어느 기업체의 전쟁터에서 군대같이 일하다가 병사들 같이 사라졌답니다. 아, 부모님만큼 살지 못하고 떠나 버린 형제들의 운명이 슬프고 안타깝지만 다행히 각기 가정을 이루고 몇 명의 자손들을 남기고 가서 언젠가 저도 그들과 가까이 살 수 있기를 항상 기도하고 있습니다.

아버지, 그러는 중에 어머니 동생 되는 이모님의 아들 사촌 오빠가 뉴욕으로 오게 되었습니다. 그때는 사촌이 이미 50세쯤 되었는데 한 2년 후에 독실한 천주교 신자를 만나 결혼하고, 몇 년 후에 어머니를 미국으로 모셨답니다. 이모님은 일찍 혼인한 후 아들을 낳자 남편을 잃으셔서 언니 댁인 우리들과 같이 살았었는데, 어머니는 동생과 조카를 극진히 아껴 주셨고, 이모님은 언니의 큰 살림살이를 수년 동안 거들어 주셨습니다. 저는 이모님과 어머니 두 자매의 돈독한 사랑을 보고 자랐기 때문에 돌아가신 어머니를 위해서 이모님을 가끔 찾아 뵙고 가깝게 지냈답니다.

이모님 식구는 독실한 천주교 가정으로, 이모님이 90세가 되시면서 몇 번 생사를 가리는 위독한 상태도 있었지만, 아드님 내외의 극진한 보살핌과 홈케어를 받으시며 집에서 100세를 갓 넘기고 돌아가셨답니다.

이모님 살아 계셨을 때 가끔 만날 때면 사촌 오빠가 아버지 이야기를 하면서 세상에서 그렇게 훌륭하신 어른은 드물다며 칭찬을 많이 해 주셨다구요. 저는 이모님이 돌아가신 후로도 사촌 오빠 내외와 가끔 만났고, 제가 사촌 오빠에게 이 책이 출판될 것을 알리면서 아버지께 드리고 싶은 말씀이 있냐고 물었더니 반가워하시며 훌륭한 추도문을 써 주셔서 여기에 올렸습니다.

부모님은 우리 조국이 극악한 일본의 식민 정책에서 해방되기 얼마 전에 결혼하신 후 서울로 상경하여 아버지가 동서실업을 차리고 어린 우리들에게 퍽 편안하고 즐거운 환경을 주셨습니다. 허나 6·25사변이 돌발하자 모든 것이 하루 아침에 무너지듯 하였지만, 아버지의 슬기로운 처사로 우리를 안전하게 피난

시켰습니다.

하지만 서울 수복에 출생했던 둘째 동생 동욱이는 전쟁의 간접적인 희생자로 사망했지요. 그때 남한의 정책으로 모든 성인들은 시민증을 찾아야 해서 하루는 어머니가 밖에 나가 온종일 줄을 서서 기다려야 했기에, 저는 오빠들과 함께 갓난 아기 동욱이를 돌보고 있었습니다. 그런데 아기가 울고 보채기 시작하여 배고파서 우는 줄로 알고 우유병에 있는 찬 우유를 먹였는데, 아기가 계속 울어서 우유를 더 먹였더니, 그만 인형 같은 얼굴이 우윳빛보다 더 창백해지면서 갑자기 조용해지지 않겠어요? 그때 어린 저희들은 어쩔 줄을 몰라 당황하고 있었는데, 어머니가 들어오시면서 자지러지며 통곡하는 것을 보고 아기가 영영 죽고 말았다는 사실을 알게 되었어요.

그 무렵 아버지는 하루 종일 고물단지 자전거를 타고 어느 시골 농가를 찾아가 고구마며 토마토 등 저희들 먹을거리를 사서 싣고 오시곤 하셨지요. 그날 아버지는 집에 들어오면서 죽은 아기를 부둥켜안고 통곡하는 어머니를 보고 그 누구도 나무라지 않고 눈물만 머금고 밖에 나가 나무 조각들을 한아름 안고 오셨습니다. 그리고 그 나무 조각에 못을 박아 인형 집같이 자그마한 아기 관을 만드셨습니다. 아버지, 그 다음은 어떻게 되었는지 기억에 남아 있지 않은데, 아마도 제 어린 눈은 슬픔과 고통에 아무것도 보이지 않았나 봐요.

6·25전쟁은 헤아릴 수 없는 참극과 수많은 주검과 파괴를 초래했는데, 우리 집의 전쟁 비극은 이렇게 시작되지 않았나 생각되네요. 여기에 슬픈 이야기가 또 하나 있으나 나중으로 밀고, 그 대신 시큼하고 떫은 이야기 하나 드릴게요.

한때 어머니는 일하는 아줌마도 없이 가끔 편찮으셔서 오빠들 조반을 제가 만들어 먼저들 먹고 나가게 했기 때문에, 저는 다니던 경희대학의 첫 강의 시간을 자주 빠지곤 했습니다. 뿐만 아니라 엄동설한 겨울에는 버스 타고 회기동 끝 정거장을 향해 가다가 중도에 내려 조용하고 따뜻한 영국대사관 도서관에 들어가서 영어 소설을 읽다가 또 강의를 빼먹곤 해서 결국 몇 학점을 채우지 못하고 영문과 수료만 하게 되었습니다. 하지만 저는 후회도 없고, 단지 어머니를 도울 수 있었음이 저의 기쁨이었으며, 제가 영국대사관 도서관에서 문학집을 들춰 보면서 터득한 것은 저의 숨은 자질이 영어와 문학에 있다고 스스로 자만했답니다.

그뿐이겠어요? 제가 이화여고 3학년 때 '미세스 버지니아 맨'이라는 훌륭한 영어회화 과외반 선생님이 계셨는데, 그 선생님이 미국으로 돌아가신 후에 저와 한두 번 편지를 교환한 적이 있었어요. 편지 내용은 기억에 없지만 제가 열심히 영어사전을 들춰 보면서 썼던 것 같아요. 그런데 어느 날 그분으로부터 묵직한 상자가 왔는데, 그 안에는 영문학의 거장인 랄프 왈도 에머슨·나타니엘 호손·펄벅·키플링 등의 책들이 한 권씩 들어 있었어요.

아, 얼마나 숭고하고 값진 선물이었는지요! 저는 고맙다는 편지를 했고, 그 후 세월이 흐르면서 소식이 끊어졌지만 '미세스 버지니아 맨'은 저에게 영문학의 꿈을 키워 주신 영원한 은인이십니다. 제가 실제로 그 책들을 전부 읽은 것 같지는 않으나, 그 영광의 선물은 저로 하여금 언젠가는 미국에 가서 영어로 글도 짓고 직장을 찾아 일하겠다는 결심을 하게 되었답니다. 아마도 제가 이렇게 꿈을 꾸며 동분서주 뛰어다니느라 더욱 더 동생들에게 무심했나 봅니다.

그런데 제 첫 동생도 자신의 꿈이 있었는지 가야금과 우리 고유의 전통 무용을 배운다고 어느 무용단에 가입한 후 그들 따라 집을 나가게 되었지요.

그 무렵 저는 항공사 직원으로 일하는 명망 높은 훌륭한 언니 덕분에 반도호텔의 어느 국제 여행사에 취직이 되어 몇 년 동안 일하다가 미국으로 떠나게 되었지요. 그때 저는 이미 서른 살에 가까운 노처녀였습니다. 오빠들은 여자 혼자 미국에서 어떻게 살아가겠냐고 반대했지만, 어머니와 아버지는 저의 용감하고 독립적인 기질을 알고 계셨는지 미국에 가서 노력해 보다가 언제라도 집에 오고 싶을 때는 주저없이 돌아오라고 비행기표도 왕복으로 사 주셨습니다. 부모님은 제가 투철한 신념을 갖고 어떤 일이든 법을 지키면서 미국에서 자기 생활을 개척할 거라고 믿어 주신 것 같아요. 아니 말띠로 노처녀가 된 둘째 딸이 그렇게 측은하고도 기특했는지도 몰라요.

결국 저는 미국으로 건너간 후 직장 구하고, 영주권 따고, 수년 후에 시민권도 땄습니다. 이것은 남모르는 역경을 헤쳐 가며 고난을 모르는 고난을 이겨 내며 끊임 없는 노력으로 다듬어진 저의 여로였지만, 이것은 모두 부모님의 성원과 하느님이 주신 기적으로 알고 있습니다.

그리고 저는 비서로 다니던 직장에서 나와 법정 통역인으로 일하기 시작했습니다. 그러던 중 저와 몇 블록 떨어져 살던 어느 파랑 눈과 사랑에 빠져 40이 다 되어 결혼도 하고, 길고도 짧았던 결혼 생활을 더 늦은 나이에 이혼으로 막을 내리고 홀로 인생이 되었으나, 크고 작은 시련과 고통은 물론 환희와 기쁨의 시간도 많았습니다.

한편, 제가 통역 일을 하면서 접하게 된 한인 교포들의 피눈물 나는 현실은 저에게 또 다른 깨달음과 영감이 되었습니다. 그렇게 한 25년간 뛰어다니며 일하면서 틈틈이 써서 발표했던 한글 작품들을 추려 이 책에 모아 보았습니다.

아버지가 어머니 세상 떠나실 때까지 몇 년 동안 단출하게 사실 수 있었을 때는 저를 비롯하여 여섯 자손들이 출가했거나 독립하여 살 때였습니다. 일생을 일곱 자녀 기르고 교육시키느라 끝없는 노고를 치르시다가 노령하셨지만, 처음으로 두 분이서 조용하고 단출하게 사실 수 있게 되었던 것 같아요. 그때 가끔 보내 주신 편지를 보고 부모님이 비둘기 한 쌍처럼 사랑하며 사시고 계심이 저를 무한히 흐뭇하게 했습니다. 그중 한 예로, 어머니 생신이 다가오는 어느 날 저는 아버지께 두 분이서 손 잡고 생신 축하 데이트하시라고 작은 수표 한 장을 동봉한 편지를 띄운 적이 있습니다. 저는 반우스갯소리로 드린 말씀이었는데, 얼마 후 어머니의 편지에 아버지와 나가서 맛있는 점심도 하고 즐겁게 데이트 했다고 전해 주시지 않았겠어요! 저는 그 편지를 받고 얼마나 대견했던지요! 그 얼마 후에 아버지 생신에도 그랬던 것 같애요. 그렇게 사실 때 아버지께서 어머니와 함께 찍은 사진 한 장을 보내 주셨어요. 그때는 이미 어머니 연세가 70세가 넘었고, 아버지는 80이 다 되시었는데도 사진에 나온 두 분은 아직도 퍽 젊고 건강하게 보였습니다.

하지만 그 행복도 오래가지 못하고 어느 날 어머니가 시름시름 앓기 시작했어요. 형제들이 번갈아 돌보며 병원에 왔다갔다 하신다는 소식을 듣고 멀리서 어머니 빨리 회복하시라는 기도를 드리며 한 석 달이 지났습니다. 나중에 알았지만 제가 걱정할까 봐 어머니의 심한 간암 상태를 저에게는 알리지 않았던 것 같습니다. 미국에 와서 영주권을 딴 즉시 부모님과 형제들 뵈러 잊지 못할 크리스마스 방문을 한 후, 늘 시간에 쫓기며 살고 있는 뉴욕 생활과 비행기 멀미를 심하게 타는 저의 처지를 감안했기 때문

인지도 모르겠습니다.

하지만 어느 날 어머니가 한 병원의 하얀 병실 침대에서 창백한 얼굴로 힘없이 누워 계시는 꿈을 꾸었습니다. 그 꿈에서는 마치 어머니가 바로 제 앞에 누워 계시는 것 같이 선명하였습니다. 저는 그 다음 날 사무실에 가서 두 주간의 휴가를 동냥하다시피 얻어서 무조건 서울행 비행기를 타고 21시간 여행에 올랐습니다. 지금은 비행 시간이 훨씬 짧아졌지만 그때는 그 정도였다고 기억나네요.

결국 서울에 도착하여 어머니 병실을 찾아가니, 제 꿈에 나타나셨던 모습 그대로였습니다. 모두들 제가 들이닥친 것을 보고들 놀랐지만, 제가 "어머니, 저 왔어요!" 하며 얼굴을 어머니 가슴에 파묻었습니다. 어머니는 마치 제가 올 것을 알고 계셨다는 듯이 가냘픈 미소를 띠며 꺼질 듯한 목소리로 "딸아, 더 젊어졌구나!" 하시지 않겠어요? 그 한마디는 여행의 피곤을 씻어 주었고, 저는 어머니가 살아나실 거라는 희망마저 느꼈습니다.

하지만 그 며칠 후, 어머니 상태는 급퇴보하여 병원에서는 치료마저 포기하고 결국 어머니가 원하셨던 대로 집으로 옮겨졌습니다. 어머니가 집에 누워 계시는 동안 7남매 자녀들과 며느리들, 그리고 이모님과 성당 교우님들이 번갈아 문병들을 와서 어머니는 외롭지 않으셨지만 불치의 간암 고통은 말할 수 없었습니다.

아버지는 고통의 몸부림만 치시는 어머니 머리맡에 무릎 꿇고 앉아서 어머니 머리를 쓰다듬으며 우셨고, 그때 간호사 친척이 얻어 온 마지막 진통 주사를 셋째 오빠가 놓아 드렸습니다. 그러자 몇 분 후 몸부림이 멈추면서 어머니는 주무시듯 누워 계셨습니다. 이미 자정이 가까웠고, 방문한 식구는 제각기 집으로 갔습니다. 그리고 팔순이 되신 아버지는 바람에 쓰러지는 고목나무 그림자같이 침실로 가셨습니다. 집안은 어머니의 약에 취한 깊은 숨소리와 슬픈 어둠에 싸였습니다.

저는 새 잠 자듯 하다가 이른 아침 녘에 어머니 곁으로 갔습니다. 엷은 햇살이 유리창을 통해 작은 방을 화사하게 밝혔습니다. 어머니의 얼굴은 74세의 연세가 믿어지지 않을 정도로 주름살도 없이 곱게만 보였습니다. 어머니가 이 잠에서 깨시어 그 무서운 고통을 또 당하신다면 어찌할까 하는 두려움이 저의 등을 오싹하게 했습니다. 그때 어머니의 계속 감겨 있던 눈꺼풀이 약간 움직이듯 하더니 멈추었는데, 어머니의 숨소리가 얕고 빨라지기 시작했습니다. 밤새 어머니를 편안하게 해 준 약 기운이 사라지고 있다고 느끼자 저도 모르게 말이 나왔습니다. "어머니, 만일 어머니가 깨어서 그 무서운 고통을 받으실 거면 차라리 지금 나비같이 사뿐사뿐 하늘로 날아가세요."라고! 그러자 어머니는 제 말을 들으셨는지 숨을 한번 들이켜고 양손을 약간 올리시는 듯 하더니 (마치 하늘을 향해서 항복을 선언하시듯) 그냥 땅으로 떨어뜨리면서 숨을 거두지 않겠어요! 동시에 어머니의 얼굴은 어디에 비할 데 없는 평화의 베일에 싸이는 듯했습니다. 저는 놀라 당황하면서, 동시에 제가 떠나시라고 한 말이 죄스러워 무릎을 꿇고 제 두 손으로 어머니 왼쪽 손을 감싸고 눈물을 흘리며 기도하기 시작했습니다. 무슨 기도였는지, 아마도 어머니의 영혼이 평안하게 떠나시라는 하느님의 구원을 비는 기도였겠지요.

아버지, 그때 어머니께 제가 간호해 드릴 테니 살아나시라는 말을 안 해서 그렇게 빨리 숨을 거두셨나요? 아니면 제가 그 약속을 드린다 해도 어머니는 소생하실 수 없었을까요? 헌데 제 손에 안긴 어머니 손등은 마치 영원히 꺼지지 않을 잿불인 양 비단같이 보드랍고 따끈따끈했습니다. 그 손은 마치 "어머니는 지금 고통이 사리진 평안한 곳으로 갔으니 두려워하지 말고 기뻐해라. 그리고 행복하게 살아라." 하고 저에게 무언의 축복을 주시는 듯했습니다. 그리고 저에게 평화가 찾아왔습니다. 물론 아버지도 아시겠지만 그 다음 즉시로 식구들이 하나둘 모이고, 오빠들 직장 친구들이랑 친척들 모두 찾아 주어 흥건한 3일장을 치르고, 어머니는 햇빛 찬란한 5월의 아늑한 묘지에 안치되셨습니다.

어머니 떠나신 후 저에게 보내신 아버지의 편지는 슬픔과 참회의 눈물로 젖어 있었습니다. 그중에, 결국 아버지 돌아가시기 얼마 전에 보내 주신 최후의 편지를 여기에 올렸는데, 그것은 작고한 아내에 대한, 그리고 남은 자손들에 대한 사랑의 염원으로 가득 찬 아버지의 마지막 편지였습니다. 그 후 얼마 안 되어 아버지는 담석증 수술을 받으시고 그만 숨을 거두셨습니다. 아버지의 이 마지막 편지는 저에게 헤아릴 수 없는 슬픔이자 영광이었고, 어머니가 남기신 불씨같이 따스한 손등과 함께 저의 가슴속에 영원할 것입니다.

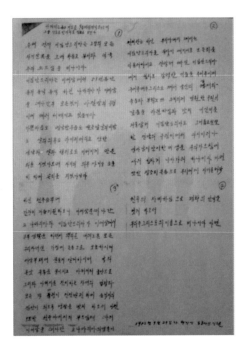

주여, 먼저 이 김 안드레아는 그간의 모든 자기 잘못을 고백하옵고, 용서와 더욱 주의 도우심을 비나이다. 이 김 안드레아

는 세상에서 53년 동안 동거동락하던 나 마리아가 이 세상을 떠난 후 모든 것이 다 절망의 구렁이에 빠져 헤매고 있습니다. (중략) 간절히 거듭 기원하오니 이 세상 떠나간 고 마리아와 이 김 안드레아가 이 세상에서 부부생활을 하면서 뿌리를 내려놓은 모든 우리 자녀들 가정에 은총으로 보호하시어 세상 부패에 물들지 말게 하시며 악의 온갖 유혹을 물리치고 아버지의 품 안으로 들어와 아버지를 찬미하는 자녀의 영광과 (중략) 우리 주 그리스도의 이름으로 비나이다, 아멘!

아버지 떠나신 지 한 달쯤 지났을 때 둘째 오빠로부터 소포가 왔습니다. 저는 의아한 마음으로 그 묵직한 꾸러미를 뜯었습니다. 열어 보니 반들반들 윤이 나는 단단한 밤나무 액자로 짜인 한 장의 편지였는데, 그 필체는 누가 서둘러 쓴 것 같은 붓글씨였습니다. 그리고 그 액자와 함께 편지 봉투가 동봉되었는데 그것은 부모님을 모시고 살던 둘째 오빠 편지로, 내용인즉 아버지가 돌아가신 후 지갑에서 꼭꼭 접힌 편지 한 장이 나왔다고 했어요. 그리고 그 편지는 누가 썼는지 이름은 없지만 천상 제가 쓴 것으로 보이는데, 아버지가 이 편지를 항상 지갑에 넣고 다니신 것 같아서 액자를 해서 보낸다는 문구였습니다.

여기서 좀 멈추어 한 가지 올리고 싶은 사실은, 그 둘째 오빠의 자상한 집안 문제 처리가 저에게 보내 준 소포에서 잘 반영되었다고 생각이 드네요. 그 오빠는 부모님을 돌아가실 때까지 지켜 드린 효자입니다. 물론 완전할 수는 없겠지만, 그리고 어머니가 손수 만들어 주시는 맛난 음식도 떠날 수 없었겠지만, 다른 형제들은 모두 떠났는데 직장에 다니며 일하면서 수년간을 부모님 곁에 계심으로써 멀리 떠나 버린 저에게도 안심을 주었습니다. 그뿐이겠습니까? 제가 번역과 통역 일로 바쁘게 일하다 보니 가끔 번역일이 밀리게 되거나 제가 잘 모르는 복잡한 상업적 서류들이 들어올 때마다 오빠에에 도움을 부탁하면, 오빠는 며칠이고 밤을 새우면서 번역해서 저에게 팩스로 보내 주곤 했답니다. 그것이 수년간한두 번이 아니었고, 오빠의 영어 수준은 저보다 월등한 편, 여러모로 놀라운 지혜와 안목을 소유하신 지인이요, 우리 집안의 기둥이고 사회의 숨은 영웅입니다. 지금도 그렇습니다.

허나 세월은 강물같이 흘러 부모님 세상 떠나시면서 둘째 오빠는 홀아비 할아버지가 되었고, 아버지가 남긴 땅에 작은 아파트 건물 하나를 고생고생하며 짓고 근근이 살고 있지만, 아버지 잃은 조카들과 모든 집안 문제가 일어날 때마다 가장 아닌 가장으로 헌신해 오셨습니다. 그러다가 기구한 운명의 장난이었나한 6년 전에 무서운 불치의 병 파킨슨 환자가 되었습니다. 그러나 오빠는 지금도 꾸준히 활동하며 운동하면서 용감한 생존 투쟁을 하고 있습니다. 오빠의 그 용감한 투병은 언젠가 의료계와노인 건강 생활에 주목할 만한 대상자로 되어야 하지 않을까 하는 생각도 드네요.

저는 이 글을 쓰면서 그 오빠에게 아버지께 하고 싶은 말씀이 있으면 간단하게 써 줄 수 있는가 하고 물었더니, 좀 시간은 걸렸지만 제가 상상도 못한 명작을 써 주셨습니다. 팔순이 넘어 파킨슨의 고충도 마다않고, 고통스럽다는 말 한 마디도 없이 용감하게 사시는 둘째 오빠는 아버지의 살아 있는 후손들은 물론 우리 현대의 젊은이들에게도 놀라운 영감을 줄 수 있는 회고록을 써 주셨습니다. 둘째 오빠의 그 훌륭한 글을 이 책에 특별 기고문으로 올릴 수 있음은 저의 무한한 영광이요, 아버지와 어머니께 드리는 가장 고귀한 선물로 바칩니다.

이제 다시 돌아가면, 저는 그 나무 액자 안에 황금색 테두리로 단을 내어 정성스레 짜여진 그 편지를 보고 어리둥절했지만, 그 붓글씨는 띄어쓰기도 없는 엉성한 붓글씨라서 도대체 누가 이렇게 썼나 하며 가만히 내용을 읽어 보았습니다. 그러자 저는 얼굴이 화끈거리며 머리가 핑 도는 기분이었어요. 그 편지 내용은 부부 싸움을 질책·훈계하는 내용이었는데, 거친 문장이었지만 조리있게 썼구나 생각이 되어 그렇게 그럴싸하게 글을 쓴 당사자는 내가 아닐 것이라고도 생각했습니다. 그러나 그 무례한 편지를 제가 썼다고 생각하자 저는 수치와 죄의식에 떨면서 그 액자를 일단 벽장에 밀어 두었답니다.

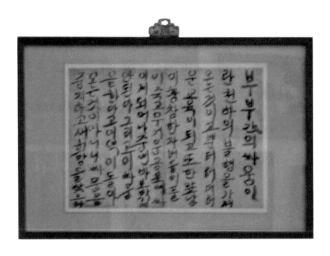

　부부간의 싸움이란 천하의 불행을 가져오는 것이고 뿐더러
더러운 교육이 되고 또한 앞날이 창창한 자녀들이 풀이 죽고
무서운 공포에 싸이게 되어 나중엔 바보밖에 안 된다. 그리고
이 싸움을 한다고 이익이 돌아오는 것이 아니니 싸움을 중지하
고 새 희망을 찾으라.

　그런데 몇 주 후에 둘째 오빠로부터 좀 더 작은 소포가 또 하
나 도착했습니다. 저는 가슴이 철렁 내려앉으며 '아니 또 무엇이
왔나?' 하고 열어 보니 색깔이 약간 변색된 옛날 사진이었습니
다. 오빠의 간단한 설명에 의하면 그것은 셋째 오빠의 고등학교
졸업식 때 찍은 유일한 가족사진이라고 했습니다. 저는 그 흑백
사진이 퍽 정묘한 그림 같다 생각하며 유심히 보고 있는데, 몇 가

지 사실이 제 기억에 하나둘 들어왔습니다.

가족사진을 찍었을 때는 제가 열여섯 살쯤 된 것 같아요. 어느 날 햇빛 찬란하고 매섭게 추운 2월 초, 셋째 오빠가 배재고등학교를 졸업한다고 아버지가 식구들 모두 거닐고 버스를 타고 배재학교 교정으로 갔습니다.

그때 저는 항상 그랬듯이 아침에 일어나 찬 우물물로 후룩후룩 얼굴 씻고, 짧은 단발머리 빗질하고, 속내의를 땡땡 껴입은 교복 차림으로 나가는 것이 고작이었지요. 그런데 그때는 아버지가 처음으로 까만 오버에다 멋진 장갑을 사 주셨답니다. 그 까만 오버도 신기했지만 겨우내 장갑이 없어서 퉁퉁하게 얼어 있던 제 손에 그 멋진 장갑을 끼니 얼마나 따뜻하고 자랑스러운지 몰랐다고요. 아마도 그래서 옆에 서 있는 셋째 오빠의 졸업장을 달라고 해서 장갑 낀 제 손에 그럴 듯하게 쥐어 있지 않았나 생각되네요. 그 대신 천사같이 귀여운 막내 동생의 어깨에 축복하듯 손을 얹고 있는 오빠는 장갑도 없이 맨손이었고, 쓰고 있는 모자 창에 그 잘 생긴 얼굴이 잘 안 보이지만, 그 찬란한 햇빛도 옆에 있는 제가 다 차지하고 있었던 것 같네요.

그 오빠 오른쪽으로 서 있는 배우같이 잘 생긴 오빠가 나중에 부모님을 모시고 사신 저의 둘째 오빠지요. 그 오빠가 제 편지를 아버지 지갑에서 발견하여 멋지게 액자를 해서 보내 주고, 이 사진도 보내 주었어요. 그리고 제 왼쪽으로 두루마기 입고 우아한

인형같이 서 있는 어머니를 보세요! 항상 한복을 입으시고 쪽지고 사시던 아름다운 어머니! 그 어머니 옆에는 이화여대를 나온 후 어느 미 항공사에 취직되어 일하던 진주같이 귀한 언니! 그 옆 오른쪽 끝에는 방금 대학교를 졸업하고 직장을 찾고 있었을 큰오빠. 그리고 맨 뒤에는 키 큰 멋쟁이 신사 차림의 아버지! 그러고보니 제 바로 밑의 첫 동생이 빠졌네요! 그 동생은 그날 졸업식에 왜 못 왔는지 모르지만, 아무래도 그 추운 겨울 날씨에 감기에 걸리지 않았을까 하는 생각이 드네요. 아무튼 그렇게 늠름하고 멋진 부모 형제들에 둘러싸여 얼빠진 올챙이처럼 서 있는 나!

제가 한때는 그렇게 훌륭한 부모님과 형제들의 사랑을 받고 살았다는 사실이 얼마나 복되고 영광스러운 삶이었는지요! 이 사실은 제가 성인이 되어 외지에서 살아가는 데 커다란 용기와 원동력이 되어 왔습니다.

제가 그 사진을 들고 계속 신기하게 쳐다보니 마치 희미한 영화 필름같이 제 기억에 무언가 떠오르는 것이 있었습니다. 그때가 아마도 6·25가 터지고 한 6, 7년쯤 되었는데, 전쟁은 한반도가 두 동강이로 잘린 후 일단 종결이 된 듯하였지만 자식들 굶기지 않고, 언니 오빠들의 고등학교와 대학 입학 등을 조달하느라 고달프고 힘든 생활에 부모님의 논쟁도 잦아졌습니다. 부모님은 저희들 앞에서 싸우는 일은 드물었기에 논쟁의 골짜는 무엇이었는지 확실치는 않았으나, 피곤과 스트레스에 고달프게 사시다

보니 신경도 예민하셨겠지요. 거기에다 그 몇 년 전에 있었던 아버지의 외도로(그 무렵 아버지는 동서실업을 차리고 출장도 자주 가시곤 했지요.) 어느 갓난아기가 생겼습니다. 그때는 어머니가 우리 7형제를 쫄망쫄망 낳아 놓고 제 첫째 동생이 갓 출생했을 무렵이었을 텐데, 아버지의 실수로 생긴 갓난아기의 등장은 어머니에게 말할 수 없는 슬픔과 고통으로 가슴의 못이 되었던 것 같았어요. 결국 그 아기는 멀리 시골에 사는 친척에게 보냈는데, 그 후 6·25가 터지면서 출생했던 둘째 동생 동욱이가 죽었고, 그 이복동생도 질병으로 사망했다는 이야기를 언젠가 알게 되었습니다. 아, 친모 품 안에 안기지도 못하고 외롭게 떠난 가엽고 가엾은 아기. 그 아기의 이름은 '영주'라고 했던 것 같네요.

어쨌든 제가 그 훈계 편지를 썼을 당시, 국민학교 졸업 후 이화여중 입학시험을 앞두고 고역을 치르고 있었을 저는, 나이에 비해 철도 안 들고 눈치도 없이 감수성만 풍부했던 열네 살짜리 풋내기였던 것 같습니다. 그 무렵, 어머니가 가끔 혼자 슬퍼 우시던 모습을 보고 아직도 아버지와의 갈등이 사라지지 않았구나 했습니다. 그때는 아버지의 과실로 이복동생이 있었다는 사실은 제 어리고 어렸던 두뇌에서 망각되어 있었던 것 같으나, 저는 무언가 어머니를 동정하는 마음으로 어느 날 등교하기 전에 어디서 종이 한 장 뜯어서 연필로 급하게 흘려 쓴 후, 그 종이를 아버지 베게 밑에 끼어 놓고 나간 일이 있었습니다. 그때는 볼펜도 없었고 연필로만 쓰는 때였는데, 어머니는 가끔 묵은 신문지에다 붓글씨를 쓰셨기 때문에 안방에 먹이 비치되어 있었습니다. 그런데 이 편지 종이를 보면 뒷면에 굵은 한자가 아주 희미하게 비치는 것으로 보아, 그 종이는 옛날 두툼한 한자사전에서 떼어 낸 종이 두 장을 풀로 이어 붙인 것으로 보이네요.

그런데 그 글씨는 어머니의 단정한 붓글씨가 아닌 것 같고, 편지는 제가 썼지만 그 종이가 헐었든가 하여 나중에 아버지가 이 종이에 붓글씨로 옮겨 쓰지 않으셨나 하네요. 하지만 누가 썼든 아니든, 아버지가 그 편지를 지니고 다니면서 얼마나 마음에 상처를 받으셨겠습니까! 세상에 그렇게 탄생한 생명들이 얼마나 많겠습니까. 어떻게 누구에게서 나왔든 간에 우리는 모두 전능하신 하느님의 창조물로 태어난 인생들인데, 죄없는 인간이 어디 있겠습니까? 하지만 어머니의 상처는 지워지지 못할 상처였다고 해도 과언이 아닐 것 같고, 부모님의 갈등도 사라지지 못할 고통이었을 거예요. 저는 지금도 친동생 동욱이와 이복동생 영주를 돌아가신 부모님과 형제들을 위한 기도 속에 항상 함께하고 있습니다.

어쨌든 아버지는 그 훈계장에 대해 한 번도 저를 질책하거나 혼을 낸 적도 없었고, 저 또한 학교 시험공부하랴 휑휑거리며 뛰어다니다가 그 편지 사건은 까맣게 잊고 살았어요. 다만 얼마 후에 아버지가 키 큰 목련화 두 그루를 정원에 심어 놓고 저에게 말씀하시기를, "영자야, 목련화다."라고 수심에 찬 얼굴로 말씀한

것으로 보아 아버지는 무언가 뉘우치는 심정으로 어머니께 드리는 선물이 아니었던가 생각했습니다. 그때부터 목련화는 사랑과 참회와 용서의 꽃나무가 되었습니다.

아버지, 저의 무례했던 편지를 용서해 주세요. 부모님이 서로 다투실 때는 얼마나 마음이 아프셨겠습니까! 그런 부모님을 제가 한 마디라도 위로의 말씀을 드리기는커녕 그렇게 못된 편지로 아버지의 심정을 일생 동안 아프게 해 드린 것에 대해 사죄 드립니다. 아버지, 용서하세요. 사랑합니다!

마지막으로, 수십 년 전에 아버님이 저에게 선물로 보내 주신 십자가를 여기에 올리오니 아버님과 어머님, 그리고 먼저 떠나 버린 제 형제들과 함께 하느님의 영원한 구원 받으소서!

A Thousand Magnolias

Palms gathered onto my chest
I remember Mama holding me close
to her bosom.

When I became a toddler
Papa gave me piggyback rides.

Now grown into a life of my own
in another time and place too far
to turn back,

I'm cradling a thousand magnolias
that have never been sent.

천송이 목련화

지금 내 두 손 가슴에 얹고
어머니 젖가슴에 나 꼬옥
품어 안아 주시던 그때를 기억하네

나 좀 더 자란 아기였을 때
아버지 등에 말 태워 주시곤 하던

이제 내 생활 터전 잡아 놓고
다시 돌아가기에는 너무나 머얼리
떨어진 이 시점 한 외지에서

아직도 보내지 못한 천송이 목련화를
부둥켜안고 서 있는 나

아버지에 관한
몇 가지 회상

내 나이 대여섯 살 무렵 우리나라가 일본 통치하에 있던 어느 날, 나는 아버지와 같이 어머니의 고향인 삽교를 방문하였다. 기차를 타려고 서울역에 갔는데, 일본 사람이었던 역무원이 고함을 치며 우리 한국 사람들을 거칠게 다루었다. 아버지가 상냥한 일본 말로 그 역무원에게 몇 마디 인사를 건네자, 그는 금방 표정을 바꾸며 우리를 먼저 입장시켜 주었던 기억이 난다.

기차를 타고 도착한 삽교에 있는 외가댁은 넓은 뜰 한 중앙에 흙을 돋우어 지은 보통 초가집보다는 두세 배는 더 커 보이는 집이었다. 집 주변에는 빙 둘러 논밭이며, 돼지우리도 여러 개 보이는 아주 부잣집이었던 것 같다. 외갓집에는 이모님과 나보다 두 살 위인 이모님의 아들이 있었는데 우리는 금방 친해졌고, 허리

춤까지 오는 물이 흐르는 마을 냇가로 낚시하러 가 피라미 몇 마리를 낚았다. 우리가 낚아 온 피라미를 고추장에 찍어 맛있다고 잡수시던 아버지의 모습이 생각난다.

작달막한 키에 다부진 체구를 지닌 외할아버지는 큼지막한 귀에 긴 수염을 길러 무척 좋은 인상이었는데, 부드러운 미소로 나에게 몇 마디 말을 걸어 주시기도 했다. 미곡상으로 큰돈을 벌기도 했던 외할아버지는 말년에는 사업이 망했던 것 같다. 가냘픈 몸매에 훤칠한 키, 반듯한 이목구비를 지닌 외할머니는 금테 안경을 쓰고 계셨는데, 시골 할머니 같지 않은 인상이었다.

서울에서 내려온 우리를 대접하기 위해 외갓집에서는 온종일 음식을 장만하느라 시끌벅적 잔칫날 같았고, 밤잠을 설치며 엿이 고아지기를 기다리는 내 마음은 무척 즐거웠다.

며칠 후 큰 비가 내려 마을 앞 냇가가 범람하자 큰 돼지가 비명을 지르며 떠내려 가기도 했고, 집 앞마당까지 물이 차올라 나는 돼지 여물통에 올라타 뱃놀이를 했었다. 물이 빠지자 비어 있던 어떤 집은 비를 피해 몰려들었던 뱀들이 가득했다. 마을의 키 작은 어떤 아저씨는 서울에서 온 꼬마 손님을 즐겁게 해 준다며 한 손에는 부채를, 다른 한 손에는 지팡이를 짚고 곱사춤을 추며 "사치기 사치기 사뽀뽀~" 하고 노래를 불렀다.

아버지의 고향은 충청남도 서천이라는 곳인데, 아버지 없이 나 혼자 갔던 것 같다. 할머니 댁은 외가댁하고는 비교가 안 되는 허름한 집이었고, 나는 마루에 걸터앉아 친할머니가 담뱃대를 빨고 있던 모습을 지켜보았던 것 같다. 조금 있으니 큰아버지가 대낮인데도 술기운으로 얼굴이 벌게진 채 나타났다. 커다란 체구에 불량해 보이는 인상인 큰아버지는 술과 여자를 좋아한다더니 큰어머니와 이혼하고 다른 여자와 살고 있었고, 아버지가 마련해 준 논밭과 집도 다 팔아치운 사람이었다.

아버지도, 어머니도 친할아버지에 대해서 이야기해 주신 적이 없었으므로 나도 그분의 존재를 깊게 생각해 본 적은 없다. 그러나 가끔 아버지가 언제부터 홀어머니 밑에서 자라셨는지, 아버지를 보지도 못하고 태어난 것은 아닐까 하는 궁금증이 들긴 했다.

아버지와 어머니는 외모로 볼 때는 서로 무난한 상대였지만 경제적, 가정적 배경으로 보면 두 분의 결혼은 거의 불가능에 가까웠다. 어머니 말씀에 의하면 아무것도 없는 집안에서 홀어머니와 말썽만 피던 형 밑에서 가난으로 초등학교조차 졸업하지 못했던 아버지가 모든 것을 소유한 어머니와 결혼할 수 있었던 것은, 어머니 아니면 평생 결혼하지 않겠다고 스토커처럼 위협했었기 때문이라고 한다.

친할머니 집에서 기차를 타고 서울역에 내리니 철모를 쓰고 총을 멘, 생전 처음 보는 낯선 미군 병사들이 있었다. 드디어 일본으로부터 우리나라는 해방이 되었고, 미군이 이 땅에 주둔한 것이다.

내가 초등학교 3학년 무렵 아버지는 당시 서울 최대 번화가였던 종로에서 '동양양품점'이라는 간판을 내걸고 수입 양품을 팔았는데, 종업원만 해도 10여 명이었으니 미니 백화점이라고 할 만했다. 쇼윈도에는 값비싼 좋은 물건들이 가득했고, 눈·코·입이 조각된 커다란 수박 모형이 좌우로 움직이면서 눈에서는 빛이 났던 기억이 난다.

도렴동 24번지, 우리 집은 중앙청 정문 오른쪽에 있던 동네 최고의 한옥 기와집이었다. 안채와 사랑채가 있었고, 잘 가꿔진 정원이 그 사이에 있었다. 안채 한가운데 대청마루에는 푹신한 양탄자를 깔아 놓았고, 그 위에 피아노·장식용 자개장·전화기가 있었으며, 벽에는 커다란 괘종시계와 화려한 그림과 사진들이 잘 장식되어 있었다. 건넛방은 아버지의 서재였는데, 백과사전을 비롯한 여러 권의 책들이 진열된 고급 책장과 책상, 비단 방석을 비롯해 여러 가지 장식품들로 꾸며져 있어 어린 꼬마인 내 눈에도 무척 비싸게 보였다.

아버지는 한때 동장에 출마하려고 동네 사람들을 불러 앞마당에서 식사 대접을 하기도 했고, 나의 담임 선생님을 집에서 먹이고 재우며 우리 남매들의 공부를 가르치도록 했다. 사랑채에는 한의사를 고용하여 한약방을 차렸고, 여름에는 자하문 밖에 있는 과수원에서 능금을 따다 우리 형제들을 먹이고, 가을에는 소작인이 따온 감을 맛볼 수 있었다. 어떤 때는 말린 오징어를 열 가마니 정도 앞마당에 쌓아 놓고 큰 저울로 무게를 달아 중국 상인에게 팔아넘기기도 했다.

겨울이면 아버지가 누나에게는 피겨, 형에게는 하키, 나에게는 롱스케이트를 사 주셔서 경복궁 경회루로 스케이트를 타러 갔었다. 어느 날, 스케이트를 타고 놀다 늦게 집에 돌아오던 길에 어떤 놈의 꼬임에 넘어가 형의 하키를 빼앗겼는데, 이런 바보 같은 일을 해도 아버지는 혼내는 일이 없었다. 도덕적으로 나쁜 일이 아니면 경제적인 손실이 있다 해도 아버지는 모르는 척해 주셨다.

아버지는 누나와 형, 그리고 내가 다니던 초등학교의 선생님들을 모두 집으로 초대해 종종 저녁을 대접하곤 했는데, 나의 담임 선생님에게 담장을 타고 자라나는 호박덩굴을 가리키며 '동한이가 심은 것'이라고 대견스럽게 설명하시던 일이 생각난다.

아버지가 사 주신 가죽으로 된 축구공으로 일요일이면 집 근처 보인중학교나 배화여자중학교 운동장에서 공을 차고 놀았는데, 축구공이 있던 나는 동네 아이들에게 언제나 우두머리 행세를 했다. 신나게 놀다가 검은 뿔테 안경과 두루마기에 중절모를 쓰신 한문 할아버지가 나를 잡으러 오시면, 나는 강제로 집으로 끌려가 먹을 갈고 붓을 들었다.

내가 초등학교 4학년 무렵, 아버지는 '동양양품점'을 청산하고 상업과 금융의 중심지인 소공동에 3층짜리 작은 빌딩을 사서 '동서실업'이라는 간판을 달고 무역업을 시작하셨다. 소공동은 조선호텔을 비롯해 한국은행 본점·상업은행 본점·미도파 백화점 등 호화 빌딩이 많이 있었고, 큰길 건너에는 중앙 우체국과 명동 거리가 있었다. 아버지는 사장이었고, 아버지보다 나이가 더 있어 보이는 인품이 좋게 생긴 부사장이라는 사람도 있었는데, 무역회사라는 것이 무엇을 하는 곳인지는 잘 몰랐다.

이 건물 2층에 '미모사'라는 다방이 있었다. 내가 그 다방에 놀러 가면 아버지가 취직시켜 준 우리 집 뒷마당에 살고 있던 청년이 주방에서 토스트를 구워 줬고, 다방의 꽃인 마담은 내가 귀엽고 예쁘다며 나의 뺨을 어루만졌다. 늘 형과 동생에게 어머니의 관심을 빼앗기고 뒷전에 밀려 "다리 밑에서 주워 왔다."고 놀림을 받던 나는 어머니가 나를 사랑하지 않는다고 생각했었는데, 날씬한 몸매에 예쁘지는 않지만 교양 있고 세련되어 보이는 마담에게 생전 처음 들은 칭찬이 나쁘지는 않았던 것 같다.

아버지는 고향은 물론 관악산이나 동네 식당, 가게, 사무실에도 나를 자주 데리고 다니셨다.

다음 해에는 도렴동 집을 팔고 흑석동으로 이사를 했는데, 도렴동 집을 팔 때 아버지께서 "이 집을 얼마에 팔았는지 아니?" 하시더니, 1만 원짜리 한 뭉치를 치켜들고 다섯 손가락을 쫙 펴 보이시며 "이런 것 500덩어리!" 하며 아주 즐거워하셨다.

어느 날 중학생이던 형이 어머니에게 아버지 건물에 있는 다방 이야기를 꺼냈고, 아버지와 다방 마담과의 관계를 의심한 형은 며칠 후 어머니와 나, 그리고 누나까지 데리고 아버지의 뒤를 밟았다. 회사 근처에 숨어 아버지와 다방 마담이 나타나기를 기다렸으나 우리의 예상과는 달리 아버지는 혼자 집으로 오시는 바람에 우리의 미행은 헛수고로 끝났다.

그런데 얼마간의 시간이 흘러 한 아기가 우리 집으로 보내져 우리 형제들에게 이복동생이 생김으로써 아버지의 탈선은 사실로 드러났다. 우리 형제 모두는 어머니 편이 되어 아버지를 원망하였으나 침묵할 수밖에 없었고, 눈을 부릅뜨고 아버지의 일거수일투족을 감시했다. 그 아기의 이름이 '영주'라고 했던 것 같은데, 얼굴을 자세히 볼 시간도 없이 서천 큰아버지 댁으로 보내졌고, 몇 달 후 병으로 죽었다는 소식을 듣게 되었다. 그리고 얼마 후 큰아버지도 돌아가시고 후처인 큰어머니와 그의 딸과 아들이 우리 집으로 와서 얼마 동안 같이 지내게 되었다. 평소 그렇게 큰아버지를 싫어하시던 아버지가 군소리 없이 큰아버지의 식구들을 받아들이시다니, 조금 의아하긴 했지만 아기의 죽음과 무슨 연관성이 있을 것이라는 생각은 꿈에도 하지 않았다.

한편, 아버지는 일본 사람들이 살았던 소위 '적산 가옥'이라고 불리는 집을 싸게 사셨고, 우리는 넓은 집을 갖게 되어 신 났다. 담장 주위에는 등나무를 심어 여름에는 시원한 그늘에 등나무 향기가 가득했고, 가지가 늘어진 수양버드나무는 운치를 더했다. 그 등나무 밑에는 석조 테이블과 의자가 있어 파티를 열 수 있었고, 담장 밑에는 커다란 바윗돌을 쌓아 올리고 사이사이에 사철나무와 회양목을 심어 예쁘게 꾸며 놓았다.

우리 집의 백미는 목조 널판으로, 마치 성문처럼 만든 웅장한 대문이었는데, 기둥과 기둥 사이가 4미터나 되었다. 대문에 들어서서 마당까지 이르는 길 양쪽에도 바윗돌을 낮게 쌓아 올리고 사이사이에 회양목을 심어 놓았으며, 길 한복판에는 완만한 경사의 계단이 있었고, 한쪽 벽에는 커다란 플라타너스나무 두 그루가 큰 저택의 위용을 자랑하듯 서 있었다. 대문 밖에서는 집 내부가 보이지 않았는데, 계단을 내려와 대문을 좌우로 활짝 열면 저 멀리 하얀 한강 백사장과 푸른 물줄기가 한폭의 그림처럼 펼쳐졌다. 여기가 내 마음의 고향이다.

1950년 6월 25일 일요일 새벽, 대한민국이 깊은 잠에 빠져 있을 때 북한군은 소련제 탱크를 앞세워 38선을 넘어 침공하였고, 우리 국군은 아무런 저항도 하지 못하고 하루 만에 서울은 함락되었다.

며칠 후인가, 한밤중에 폭탄 터지는 소리에 놀란 우리 식구들은 캄캄한 밤에 아버지를 따라 앞마당에 있는 콘크리트 대피소로 피했다. 다음 날, 날이 밝았어도 우리는 무서워서 밖으로 나가기가 두려웠고, 우리가 집에 들어갔을 때는 박격포탄이 우리 집

지붕 한가운데를 뚫고 들어와 아래층 안방 바닥에 박혀 있었다. 우리가 대피소로 옮기기 직전까지 어머니가 누워 계셨던 바로 그 자리였다. 폭탄 터지는 소리가 우리 어머니를 구해 주었던 것 이다.

북한군에게 쫓겨 도망가는 국군이 서울을 사수하기 위해 할 수 있었던 전부는 한강 다리 폭파였는데, 아무것도 모르고 피난 길에 올랐던 많은 차량과 사람들이 무고하게 희생되었다고 한다.

어느 날 이른 새벽에, 작은 키에 깡마른 인민군들이 들이닥쳤 다. 얼핏 보아도 앳돼 보이는 그들의 군복은 땀에 젖어 고약한 냄 새를 풍겼고, 그중 한 놈이 권총을 높이 뽑아 들며 "주인장 나오 시오! 반동이오!"라고 외쳤다. 다행히 아버지는 이미 어디론가 숨어 버린 뒤였고, 피난 가지 못한 우리 가족들은 이렇게 인민군 이 지배하던 시대를 살게 되었다.

누나와 형은 마룻바닥에 숨어 살았고, 중학생이던 나는 북한 군들의 환심을 사기 위해 통장 일을 자처했던 아버지를 도왔다.

며칠 지나지 않아 식량이 떨어져 우리는 죽기 살기로 먹을 것 을 찾아 헤매야만 했다. 아버지는 입던 옷가지들·비단 이불·놋 그릇 등 갖가지 가재도구를 챙기셨고, 이모와 그의 아들 그리고 나는 이 보따리를 등에 지고 과천의 부잣집에 가서 쌀과 보리·감 자·토마토 등으로 물물교환하여 밤이 늦어서야 집에 돌아오곤 했다. 지금 생각하면 이모와 그의 아들은 우리 가족의 생존에 절대적인 역할을 했던 분들이다.

밝은 대낮인데도 사람이라고는 보이지 않는 텅 빈 거리는 무서웠고, 길 한가운데 황소 한 마리만이 얼마나 굶었는지 힘없이 머리를 허우적거리면서 가냘픈 신음 소리를 내며 죽어가고 있었다. 식량을 구해 집으로 돌아오던 어느 날 고갯길을 오르는데, 경사진 논두렁에 아기를 업은 젊은 어머니가 죽어 있었다. 겉보기에 상처는 없었고, 아기와 어머니의 얼굴은 마치 잠을 자는 듯 창백해 보였다. 처음 보는 시체였다.

이렇게 물건과 식량을 바꿔 먹는 일은 어느덧 일상이 되어 익숙해져 요령도 터득하고, 그럭저럭 굶지 않고 살아갈 만했다.

하지만 전쟁 상황은 계속 나빠졌고, 국토는 부산만 남기고 모두 빼앗겨 대한민국이 거의 없어질 지경에 이르렀을 때, 이승만 대통령의 눈물 어린 호소로 마침내 국제 사회가 움직이기 시작했다. UN 총회가 소집되고, 미군이 주도하는 UN군이 낙동강 전투에 투입되어 세계 16개국에서 80만 병력이 동원되었다. UN군 총사령관 맥아더 장군은 인천상륙작전을 직접 지휘하여 도망가는 인민군의 퇴로를 차단하였고, 서울 탈환을 앞당겨 9월 28일 드디어 중앙청 광장에 태극기가 휘날렸다. 이 여세를 몰아 UN군은 38선을 넘어 평양을 지나 압록강 밖으로 적들을 몰아내기에 이르렀다. 꿈도 꾸지 못했던 통일도 기대할 수 있게 된 것이다.

그런데 예기치 못했던 중공군 100만 명이 꽹과리를 치며 인해전술로 전쟁에 끼어들어 전세는 다시 역전되었고, 다음 해 1월 4일 UN군은 후퇴할 수밖에 없었다. 이때 희생된 중공군은 30만 명에 달했다고 하며, 후퇴하는 UN군을 따라 자유를 찾아 대한민국에 내려온 이북 동포는 100만 명에 달했다고 한다. 당시 중공은 인구만 많았지 아주 미개한 나라였는데, 100만 중공군이 동시에 오줌을 싸면 우리 대한민국은 홍수가 날 것이라는 우스갯소리가 있었다. 맥아더 장군은 미국의 트루먼 대통령에게 중공의 국방력이 미미하니 중국 본토에 핵무기 사용을 건의하였으나 거절당했고, 오히려 이 일로 해임되었다고 한다.

　12월 어느 날, 우리 가족은 완전 무장하고 어른은 어른대로 아이는 아이대로 각자 등에 한 보따리씩 짐을 지고 소달구지에 올라 기약 없는 피난길에 올랐다. 저녁 무렵 겨우 남태령고개를 넘었는데, 퇴각하는 국군 탱크에 마차가 부딪쳐 남동생이 땅으로 떨어지는 사고가 있었다. 좁은 시골길에 많은 피난민이 몰려가고 있었는데 탱크 부대가 들이닥치는 바람에 피할 겨를도 없이 사고가 났던 것이다. 다행히 남동생은 크게 다치지는 않았지만, 마차가 부서져 실었던 많은 짐을 내버리고 갈 수밖에 없었다.

　한밤중에 눈 덮인 청계산을 희미한 달빛으로 길을 찾으며 걸었고, 발밑의 눈 밟는 소리만이 들렸다. 우리는 인민군보다 호랑이를 만나지 않을까 하는 두려움이 컸었는데, 멀리서 희미한 불빛이 보이자 반가움에 모두 환호성을 질렀다. 그 빛을 따라 한 농가에 도착해 잠시 전쟁을 잊고 평화로운 일상으로 돌아온 기분이었는데, 우리 가족은 다시 갈라져야만 했다. 어린 동생들은 부모님이 맡으시고, 누나와 형·나 그리고 이모님과 그의 아들은 전쟁을 피해 부산으로 향했다.

형은 재봉틀을, 나는 타이프라이터를 등에 지고 걸어서 천안에 도착했는데, 누나가 미군에게 부탁하여 나와 이모님의 아들인 노원이 형은 미군 열차를 타고 갈 수 있는 행운을 얻었다. 누나의 영어가 통했던 것이다.

우리 두 남자는 한밤중에 기차에 올라탔다. 내부는 완전히 깜깜하여 자세히 볼 수는 없었고, 침대차인 것 같았다. 세상에는 공짜가 없다더니 미군 하사는 물걸레로 침대를 닦으라고 했고, 형과 나는 무엇을 닦아야 하는지도 모르고 밤새도록 닦고 또 닦았다. 어떻게 그 긴 시간을 보냈는지 지금은 기억이 나지 않지만, 우리는 밤새 추위에 떨며 배고프고 지쳤어도 군인의 명령이었기에 그 밤을 이겨 낼 수 있었다고 생각한다.

거의 부산에 다 왔다는 생각이 들 무렵, 긴 터널에서 막 빠져나오자 갑자기 비친 찬란한 빛에 세상이 눈부셔 나도 모르게 "살았구나!" 하고 외쳤다. 창밖으로 보이는 풍경은 그렇게 아름다울 수가 없었다. 고개를 돌려 내가 타고 온 기차를 보고 나는 또 한

번 놀랐다. 밝은 빛에 드러난 객차 내부는 벽이고 바닥이고 온통 핏자국으로 가득했고, 이 처참한 광경에 나는 몸서리를 쳤다. 우리가 타고 온 기차는 전사한 미군의 시체를 운반하는 기차였던 것이다.

부산에 도착하자 땅딸막한 미군이 귀엽게 생긴 한국인 꼬마를 하우스 보이로 대동하고 나타났다. 은근히 초콜릿이나 어떤 먹을 것을 기대했던 우리에게 그는 달랑 치약 한 통을 주고는 가버렸다.

나와 같이 기차를 탔던 사촌 노원이 형은 그의 어머니인 이모를 찾아 떠났고, 나는 재봉틀을 등에 멘 우리 형을 만나 영도다리 건너 어느 허름한 하숙집에 머물렀다.

무거운 재봉틀 때문에 등이 많이 상했던 형은 그 재봉틀을 팔아 얼마간의 돈을 가지고 있었다. 어느 날 아침, 형과 나는 시장에서 팥죽을 한 그릇 사 먹었는데 더 먹고 싶어 형에게 졸랐으나 형은 냉정하게 거절했고, 그런 형이 그때는 너무 원망스러웠다.

처음 온 부산은 어디를 가나 매우 시끄러웠다. 그들의 사투리가 그랬고, "재치국 사이소!"라고 새벽부터 외치는 여인들의 목소리에 잠을 깼다. 거리에는 어디를 가나 피난 온 사람들로 북적거렸다. 우리는 초량동 어느 집에 머물렀는데, 그곳은 온돌방에 메리야스를 짜는 다이마루라는 기계가 있던 곳으로, 기계 밑 빈 공간에서 밤잠을 잘 수 있었다.

열네 살이 되자 나는 거리에 좌판을 벌여놓고 초콜릿·껌·양담배 등을 팔았고, 오후 두 시쯤에는 초량극장 옆 신문사에서 발행되는 석간신문을 받아들고 부산역을 향해 뛰어가 나처럼 신문파는 아이들보다 하나라도 더 팔려고 노력했다. 따뜻한 봄날이 되자 누나는 여대생이 되었고, 형은 미군 부대에서 타이피스트 겸 비서로 일하며 번 돈으로 누나의 입학금을 마련해 주었으며, 우리를 찾아 부산에 내려오신 아버지를 길거리에서 우연히 만나게 되었다.

아직도 전쟁은 계속되었지만 서울은 다시 탈환되었고, UN군에 의해 우리의 땅을 겨우 되찾게 되었다. 정부도 뒤따라 서울로 오고 치안 문제도 안정될 무렵, 우리 가족 모두는 꿈에도 그리던 흑석동 우리 집으로 돌아왔다. 피아노만 보이지 않을 뿐 우리 집의 모든 것은 잘 보존되었고, 누군가 대문에 "Policeman House"라고 써 붙여 놓았다. 아버지에게 인사차 들른 경찰관의 이야기를 들으니 자기들이 붙였다며, 아마도 이 정도 잘 보존된 것은 자기들 덕분이라는 것 같았다. 주변 건물들은 모두 파괴되었는데, 너무나 고맙게도 소공동에 있는 아버지 빌딩은 무사했다.

우리 집도 차츰 안정을 찾았고, 모두 학교에 진학해서 어느덧 나는 고등학생이 되었다. 이모님과 사촌 형, 서천 큰어머니와 그녀의 딸과 아들, 일하는 아주머니까지 함께 살게 되어 우리 식구들은 대가족이 되었다.

그런데 언제부터인가 아버지가 집에서 보내시는 시간이 점점 더 길어지고, 아버지의 모습이 무척 힘들어 보였던 것 같다. 무역을 한다고 아버지는 홍콩에 가 가방 가득 악어가죽 핸드백·벨트·실크 넥타이·시계·셔츠 등을 사 가지고 와 팔았는데, 고가의 세금을 물고 나면 별로 남는 것이 없어 세관에 불법 뇌물을 주고 밀수 장사를 하셨던 것이다. 소공동에 있던 빌딩도 팔고 사무실도 계속 줄여 가더니, 아버지의 직원이 밀수 혐의로 구속되었던 사건을 계기로 사업은 점점 사양길로 접어들었다.

한편, 집에서는 정원을 모두 걷어내고 커다란 닭장을 만들어 병아리를 사 방에서 어느 정도 키운 다음, 닭장에 옮겨 키우게 되었다. 이 일은 주로 나와 사촌 형이 맡았고, 하루 네 시간 정도는 이 일에 매달렸던 것 같다. 가장 힘들고 하기 어려웠던 일은 매주 일요일 커다란 양동이를 들고 영등포시장까지 걸어가 생선가게에서 모아 놓은 생선 내장을 받아 닭에게 먹이는 일이었다. 생선 내장과 쌀겨를 섞어 주면 닭들이 잘 먹는다고 하여 시작한 일인데, 이 일은 정말 힘들고 하기 싫었다. 닭을 키우는 일도 우리 가계에 별 도움이 되지 않았는지 오래 하지는 않았던 것 같다.

어머니는 가계에 도움이 되고자 학생들 하숙을 했는데, 밥상에 오르는 반찬이 너무 빈약해 보여 나는 하숙하는 학생들 보기가 미안하고 창피했다.

닭을 기르고 하숙을 칠 만큼 우리 집 형편은 어려워졌던 것이었다. 집을 장식했던 고급 자개장들이 여러 개 있었는데, 아버지는 그것들을 팔아 생활비를 마련하고자 몽땅 한 대의 트럭에 실어 부산으로 보냈건만 그나마 사기를 당해 돈은 한 푼도 건지지 못했다.

이렇게 아버지의 사업이 점점 망해가면서도 우리 형제 자매들은 모두 중고등학교에 진학했다. 남자 형제들은 학교 성적이 그저 그랬지만 누나와 큰 여동생은 자기들 스스로 공부해서 각자 이화대학과 이화여중에 진학해 아버지의 큰 자랑거리가 되었다. 큰누나가 이화여대 법정대학에 다니던 어느 날, 한때 검찰총장을 지내셨고 법정대학장이던 이태희 씨가 우리 집을 방문했다. 큰누나가 공부를 잘해 몹시 아끼셔서 찾아오신 것이지만, 집안 형편이 어려웠던 때라 나는 손님 대접을 제대로 못 하면 어떡하나 걱정했던 기억이 난다.

집안의 가세는 점점 기울어져 이윽고 우리가 살던 집이 남에게 넘어가 집을 떠나야 하는 날이 왔다. 이때 나는 정든 집과의 이별로 내 마음이 속상한 것만 생각했지 아버지의 마음은 헤아리지 못했던 것 같다. 그때 우리 중 누구라도 아버지와 더불어 사업에 관해 의논할 상대가 되어 주거나 마음을 위로해 줄 사람이 있었더라면……. 그러기에는 우린 너무 어렸다. 아버지의 얼굴

은 어두운 표정으로 가득했지만 끝내 우리에게 이렇다 할 해명
이나 변명은 없었다. 우리 집과 회사 건물이 왜 그렇게 된 것인지
는 말씀해 주시지 않았고, 우리는 이렇게 마음의 고향을 잃게 되
었다.

흑석동 집을 떠난 우리 가족은 서울의 허술한 집들을 전전하
며 우리 평생 최악의 가난한 생활에 허덕이며 몇 번 집을 더 옮겨
다녔다. 어느 날 아버지는 우리 자식들에게 단백질을 보충해 주
고자 시장에서 닭 내장을 한 바가지 사 가지고 오셨는데, 나는 아
버지의 슬픈 모습에 너무 큰 충격을 받았고, 무엇인가 내 가슴을
무겁게 내려치는 것이 있었다. 그리고 아픈 만큼 많은 깨달음을
가져다 주었다. 적어도 대학생이라면 자신을 책임지는 사회인이
되고자 무엇이든 할 수 있는 일을 찾아 해야 할 소중한 시간에,
나는 또래의 못난 녀석들과 어울려 다방이나 당구장으로 돌아다
니며 허송 세월을 보냈던 것이다. 이런 건달 생활을 하는 나 자신
이 너무 부끄럽고 미웠다.

나는 대학 졸업을 앞두고 단 1학점이 모자라 유급될 위기에
처해 고민 끝에 교수님을 찾아가 잘 말씀드려 간신히 해결되었
다. 9월에 졸업하자마자 마침 공군 장교 모집이 있어 동기 동
창생과 함께 필기시험에 응시해 둘 다 합격했다. 그때 응시료
가 5천 환이었는데, 아버지께 시험 이야기를 했다가 "네까짓 게
장교는 무슨 장교야!"라고 핀잔을 들었기 때문에 필기시험에 합

격한 것 자체로도 나에게는 특별한 의미가 있었다.

대전 훈련소에서 신체검사만 남겨 놓고 있었는데, 엑스레이 검사 직전 친구가 나에게 도움을 요청했다. 그 친구는 어렸을 때 폐병을 앓았던 적이 있다며 그 흔적이 남아 있어 불리할 수 있으니 대신 찍어 달라는 것이었다. 시간이 없어 고민할 겨를도 없이 대신 찍어 주었는데, 이상하게 나만 합격되었다.

1960년 10월 1일, 이날 훈련소에서 입교식이 있었다. 그런데 입교식 직전 기간 장교가 나를 부르더니, 내가 친구 대신 엑스레이 촬영한 사실을 알고 있었다며 나까지 탈락시키려고 했으나 체육과 출신이라 봐줬다고 했다. 하늘이 도왔던 것 같았다.

옛날 속담에 "하늘이 무너져도 솟아날 구멍이 있다."더니, 어느 날 아버지는 오랜 재판을 통해 옛날에 잃어버렸던 재산 일부분을 다시 찾아오셨다. 그 돈으로 아버지는 자하문 밖에 있던 과수원에 누나의 집을 지어 주셨고, 우이동에서 가장 큰 집을 사 오랜만에 우리 집을 갖게 되었다. 또 언젠가 내가 아끼던 여행용 가방을 몰래 들고 나가 팔아먹고 돌아다녔던 형도 좋은 직장에 취직하게 되었고, 나도 공군 장교에 임관되어 24세 때부터는 아버지를 대신하여 우리 집 생활을 떠맡게 되었다. 이렇게 시작된 나의 가족 부양은 한평생 끈질기게 이어졌고, 나는 이 세상에 손해를 보려고 태어난 것이 아닐까 하는 지독한 피해의식이 가끔 나를 괴롭혔다.

부모님이 나이가 드심에 따라 우리는 과천의 자그마한 아파트로 이사를 가 그곳에서 두 분은 천주교에 다니시며 신앙생활을 하셨고, 누나와 형이 자주 찾아와 부모님을 보살펴 주었다. 그러던 어느 날, 어머니가 잔뜩 부른 배를 나에게 보이시며 배가 너무 나왔다고 하셔서 병원으로 모시고 갔더니, 이미 간암이 상당히 진행돼 복수가 차 있다는 의사의 진단을 받았다. 의사가 처방해 준 약도 먹고 치료도 받고, 심지어는 지렁이를 탕으로 만들어 마시며 병마와 죽어라 싸웠지만, 어머니의 병세는 더욱 악화되어 통증을 잡기 위한 마약을 쓰기에 이르렀다. 이런 모든 노력에도 불구하고 어머니는 끝내 눈을 감으셨다.

어머니가 우리 곁을 떠나가시고 텅 빈 집에 나와 아버지 둘만이 살게 되었다. 아버지와 나 사이의 대화는 거의 없었고, 집안살림을 위해 식모로 들였던 젊은 여자애는 밖으로 돌아 집안 살림은 엉망이 되었다. 나이 지긋한 분을 다시 모셔 아버지를 챙겨드렸으면 했으나 이것도 뜻대로 되지 않았다.

한 지붕 아래 아버지하고 나하고 불편한 동거를 이어 가던 어느 날, 아버지가 한 번도 들어온 적이 없던 내 방에 불쑥 들어오셨다. 그때 나는 낮잠을 자고 있었는데, 언뜻 눈을 떠보니 아버지가 나를 내려다보고 계셨다.

"너 이 집에서 나가라."

비몽사몽간에 청천벽력 같은 소리를 들은 나는 '나가라고? 나가면 어쩌라는 건가?' 하는 생각을 했다.

며칠 후 아버지는 정색하시면서 "공주댁을 우리 집에 모시고 살면 좋겠다."고 상상도 못 했던 말씀을 하셨다. 공주댁은 옛날부터 우리 집에 드나들며 아버지를 오빠라고 부르던 어머니의 고향 후배로, 일찍이 과부가 되어 형과 동갑인 아들 하나를 키우고 사시던 분이었다. '아버지가 공주댁 아주머니를 좋아했었나?' 하는 생각에 곰곰이 이분에 대해서 생각을 해 보았다. 나이는 어머니보다 몇 살은 아래였던 것 같고, 얼굴도 예쁘장하고 몸매도 호리호리하셨던 것 같다. 하지만 그분을 집안에 들인다는 것은 어머니에 대한 도리가 아니라고 생각했다.

그런데 주변에서는 원하시는 대로 해드리는 것이 효자라고 하여 어떻게 하면 원만하게 우리 집으로 모셔 올지 형과 고민할 무렵, 하늘이 도왔는지 공주댁 할머니가 노환으로 거동이 어렵다는 이야기가 들려왔고, 며칠 후 바로 돌아가셨다는 소리를 듣게 되었다. 이 일로 아버지는 상처를 받고 스스로 포기하기에 이르렀고, 두 딸과 가끔 전화하시며 그럭저럭 생활하셨다.

아버지는 86세에 누나와 형과 내가 지켜보는 가운데 병원에서 마지막 생을 마감하셨다. 이후 나는 처음으로 혼자만의 생활을 하게 되었다.

아버지는 지독한 가난 가운데 태어나 빈부의 차이를 이겨 내고 어머니와 결혼하여 평생 가족을 위해 힘들다는 말 한마디 없이 지내 오신 분이다. 비록 아버지가 실수하실 때도 있었고, 사랑의 표현에 서툴기도 하셨지만 지금 와서 생각해 보면 아버지가 정말 고생이 많으셨던 것 같고, 고맙다는 생각이 든다.

"아버지, 존경하고 사랑합니다!"

▨▨▨ **김동한** 4남 3녀 중 셋째로, 필자의 둘째 오빠. 서울대학에서 체육학 전공, 공군 장교를 지냈다. 독학으로 배운 영어와 일본어 실력을 인정받아 의류 계통 회사에서 수출 업무에 종사, 현재 파킨슨병과 7년째 당당히 맞서 싸우고 있다.

'정', 나의 빛

　어린 시절 어느 날, 참으로 좋았다. 정말 기뻤다. 이모부님 손을 잡고 교동국민학교 운동장을 가로질러 교장 선생님 방으로 들어가 그 다음 날 등교 허락을 받았다. 그 순간 어떤 꿈을 이룬 것같이 내 어린 가슴 요동치던 그때가 지금도 생생하다.

　내가 태어나 100일도 못 되어 나의 아버지는 병고에 시달리다 별세하시어 아버지의 모습은 기억조차 할 수 없었던 어린 시절, 나의 이모부님은 나에게 친아버지셨고 나의 우상(Role model)이셨다.

　충남 서천에서 태어나시고 잔악한 일제 식민정책하에 고등교육을 받지 못하고 이모님과 혼인하신 후, 거의 맨주먹으로 서울로 상경하여 자수성가하신 입지전외 인물이시다. 서울에서 온갖 고통과 애로를 이겨 내시며 '동서실업' 회사까지 차리신 분이다.

나로 하여금 국민학교, 중고등학교, 6·25사변, 1·4후퇴 부산 피난생활, 대학 입학까지 이종 사촌 형제 자매들과 함께 조금도 차별 없이 동고동락하며 성장시켜 주신 아버지시다. 참으로 자상하셨고, 다정다감하셨고, 현명하셨으며, 매우 자비로우신 분이셨다.

6·25동란 시절, 가족의 식량을 조달하기 위해 이모부님과 나는 둘이서 과천을 지나 청계산 넘어 청계리 어느 마을 이씨 댁으로 가는 도중, 관악산 줄기에 '남태령고개'라는 고개가 있었다. 그곳에는 행인들을 위한 도토리묵, 찐 고구마, 삶은 계란 등 배고픔을 달래 주는 것들을 팔고 있었다. 이모부님이 잠시 쉬어가자 하시면서 찐 고구마 하나를 사 주시던 일, 지금도 그 고구마를 생각하면 눈물이 솟구친다.

나는 이모부님으로부터 한 인간의 정을 듬뿍 받고 자랐으며, 지금도 그 정을 반추하면서 한없이 그리워한다. 그 정은 나의 삶의 뿌리였고, 지금도 내 마음속에서 싱싱하게 자라고 있는 그분의 유산이다. 그러나 나는 인간으로서 보답해 드린 것이 하나도 없다. 이 얼마나 부끄러운 일인가! 안타깝고 죄송스럽기 한이 없다.

험난한 미국 이민 생활 속에서도 그분을 그리워하면서 꿋꿋하게 살아가고 있는 원동력은 무엇일까? 아직도 나의 마음속에 살아 계신 그분의 정과 정신을 본받고 지탱하는 힘이다. 나는 거칠고 험악한 이 땅 미국, 다양한 민족, 다양성의 문화 안에서 인간다운 삶을 살려고 성실히 노력하며 굳세게 걸어가고 있는 백의의 민족임을 자부한다.

인도의 시인 타골이 우리 민족과 국가를 '동양의 등불'이라 하였다. 흰 옷을 즐겨 입던 우리 백의민족의 특징은 깨끗한 마음과 정이 넘쳐 흐르는 아름다운 평화의 공동체다. 이웃 나라를 한 번도 침범한 적 없고, 수없이 침략을 당하면서도 멸망하지 않았으며, 그 오랜 역사 안에서 백의민족의 고유한 정(얼)을 지니고 살아가는 민족임을 자랑스럽게 여긴다.

'정'이란 '빛'과 같은 것. 빛은 어둠을 밝혀 주며 세상에 자유와 희망을 실어다 주는 등불이고, 우리 생명의 뿌리가 아닌지!

▨▨▨ **박로원(요셉)** 필자의 사촌 오빠, 재미 교포(가톨릭 형제)

A Book of Poetry, Stories and Images

A Thousand Magnolias

김영자의 작품세계

Therese Young Kim

―――――― 김영자(Therese Young Kim)

- 서울 출생, 이화여고 졸업, 경희대학교 영문과 수료
- 서울 루프탄자 대리점에서 근무한 후 1972년에 도미, 뉴욕에서 25년간 미 법정 및 국제 회의 통역사로 일하며 문학 강좌 수강 및 창작활동 시작
- 1996　미 《Infinity》 문학잡지에 단편 소설 〈A Certain Story of War(어떤 전쟁 이야기)〉로 등단
- 2006　서울 《문예사조》 9월호에 수필 〈알레르기와 친절〉 등단
- 2007, 2015　두 편의 영문 수필이 문학잡지 《Rosebud》에 등단
- 2010　서울 《문예사조》 12월호에 시 〈망향〉 등단
- 2012　서울 《지구문학》 57호에 단편 소설 〈하얀 밍크 두른 여인〉 신인상 수상
- 2017~2019　국제 온라인 잡지 《Poetry Pacific》과 《Tuck Magazine》 문학잡지에 다수의 영시와 스토리 등단
- 2018　캐나다 영문 잡지 《The Journal of Baha'i Studies》에 영시 〈Arirang Lament(아리랑 애가)〉 등단
- 2020　뉴욕 온라인 영문 잡지 《October Hill》에 영시 〈David pour Homme〉 등단
- 2020　미 Salem State University의 문학잡지 《Soundings East》에 영시 〈The Halo〉 등단
- 미 동부 한인문인협회 회원으로 《뉴욕문학》에 다수의 시, 수필, 단편 소설 등을 발표해 옴.

인생과 우주의 신비,
그리고 삶에 대한 끈질긴 사랑의 탐구

　　한순간에 모든 것이 중지되고 마음마저 꽁꽁 얼어붙은 코로나 팬데믹 시대, 내 어두운 마음을 환히 밝혀 주는 한 통의 전화가 걸려 왔다. 바로 수년 동안 알고 지내 온 김영자 시인에게서 걸려온 전화다. 김 시인의 주옥 같은 글을 모은 책 출판이 가시화되고 있다는 반가운 소식이었다. 여기에 오기까지 그녀가 얼마나 그동안 용트림을 했는지 나는 잘 알고 있다. 김영자 시인과 나는 코비드가 발생하기 전까지 한동안 매주 만나 한글 워드프로세서에 널려진 글을 정리하며 진통의 시간을 가졌었다. 김 시인은 나와 고교 선후배 사이였기에 더욱 가까워질 수 있었던 것 같다.

　　김영자 시인을 처음 만난 것은 17년 전쯤, 내가 《한국일보》에서 일하고 있을 때였다. 글을 신문에 발표하기 위해 찾아온 김영자 선배를 본 나는 깜짝 놀랐다. 그녀의 모습이 청순하고 고운 데다 겸손한 태도에 마치 시냇물이 돌돌 흐르듯 잔잔하고, 고운 말씨 등등 한눈에 소녀 같은 부드러운 모습이 나의 관심을 끌기에 충분했다.

그러나 만나면서 또다시 놀란 것은 그녀가 결코 나약하고 곱기만
한 사람이 아니라는 사실이다. 김 시인은 매우 이지적이고 사리 분
명한 사람이었으며, 불의를 보고는 결코 외면하지 않는 매우 강직하
고 의로운 사람이다. 그녀는 미국 시민권자이면서도 조국을 사랑하
는 마음이 뜨겁다. 김 시인은 완전 외유내강형으로, 그녀와 가깝게
지내 보지 않고는 정확히 그녀의 진면목을 평가하기 어렵다. 그녀
는 겉보기와는 달리 누구보다 강하고 담대한 사람이다. 그리고 조
용하고 차분하게, 서두르지 않고 한 발 한 발 꾸준하게 시간을 알차
고 충실하게 쓰는 사람이다. 그것은 김 시인이 긴 세월을 지내 오면
서 순간순간 기록해 놓은 글 한 편, 한 편에서 그대로 묻어난다.

김 시인의 시와 수필에는 그녀의 차분하고 꾸준한 일상, 그리고
겸손한 태도, 세상을 바라보고 사물을 대하는 반듯한 사고, 삶을 즐
길 줄 아는 멋과 지혜가 곳곳에 담겨 있다. 모든 것이 내가 김 시인
과 오랫동안 같이해 올 수 있었던 이유들이다. 한글과 영문으로 시,
수필, 소설 등을 쓰고 발표해 오신 김 시인의 문학세계는 한 마디로
'인생과 우주의 신비, 그리고 삶에 대한 끈질긴 사랑의 탐구'라고 해
도 과언이 아닐 것이다.

김 시인은 누구보다 삶을 자유롭게 추구하는 사람이다. 누가 뭐
라 해도 해야 할 것은 하고, 남의 눈치 보지 않고, 쓸데없는 일에 관
여하지 않고, 자신이 믿고 있는 소신대로 밀고 나가며 자신의 목적
과 방향을 향해 한 발짝 한 발짝 걸어가면서 조용한 즐거움을 즐기
는 사람이다. 한마디로 멋을 아는 글쟁이이다.

그녀의 모든 것이 담긴 주옥 같은 글 모음이 마침내 세상에 모습을 드러내게 되었다니, 나 또한 기쁘고 진심으로 축하해 드리고 싶다. 그 책 속에는 분명 목련화 꽃향기가 진하게 배어 있을 것이다. 쉬지 않고 꿈을 꾸는 여자…, 그녀의 남은 생에 건강과 행운을 빈다.

여주영 《뉴욕한국일보》전 주필 겸 편집인, 현 고문
저서 : 『뉴욕의 사계』
유튜브 : 여주영의 뉴욕 생활 컬럼

뉴욕에서의 삶과 '목련화'의 시절
—『천송이 목련화』의 문학세계

　미국 뉴욕에서 생(生)의 절반 이상을 거주한 김영자 작가는 시 이외에도 수필과 소설까지 모두 정식으로 등단한 팔방미인의 교포 작가다. 수십 년간을 뉴욕에 거주하며 모국어로 써 내려간 김영자 작가의 문학세계가 이번에 펴내는 '시와 이야기와 사진이 있는 책'『천송이 목련화』에 오롯이 녹아 있다.

　이처럼 김영자 작가는 장르를 망라하여 시기적으로는 2000년대 이후부터 2020년 최근의 작품들까지를 한데 모아 한 권의 책으로 집대성하였는데, 그런 의미에서 이번에 펴내는『천송이 목련화』는 전 생애에 걸친 김영자 문학의 완결판이라 할 만한 것이다. 예컨대 시 21편·수필 20편·단편소설 2편과 아버지께 드리는 헌정 글이 포함되었으며, 이 작품들은 시·수필·소설·회고담(전기) 등 주요 문학 장르를 넘나들며 펼쳐지는 김영자 작가의 삶의 여정을 엿볼 수 있어서 그 의미가 매우 다채롭고도 짙은 여운을 준다.

　시의 경우는 미국 이민사회의 주요한 문학지 및 일간지인『뉴욕문학』,『문예사조』,『뉴욕한국일보』,『뉴욕중앙일보』,『뉴욕세계일보』등의 지면에서 발표된 것들로 구성되어 있으며, 시상의 전개가 탄탄하고도 정갈한 것이 특징이다.

수필의 경우는 등단지인 『문예사조』에 발표된 「알레르기와 친절」 (2006) 외에도 떠나온 고향에 대한 그리움을 담은 수필 「우리 언어의 어떤 슬픈 여운」 등 이국(異國) 뉴욕에서의 삶을 녹여 낸 다수의 작품이 함께 선보이고 있다. 김영자 수필은 태평양 건너 미국에서의 법정문제에 어려움을 겪는 교포들의 법정 통역관 생활에서 겪은 희로애락(喜怒哀樂)을 토대로 구체적인 에피소드 등을 진솔하고도 담백한 문장으로 잘 묘사하고 있다.

소설의 경우는 『뉴욕문학』에 발표된 단편소설 「그는 외로운 이방인」과 『지구문학』에 발표한 등단작 「하얀 밍크를 두른 여인」(2012)이 포함되어 있으며, 당시 구인환 교수의 심사평이 함께 수록되어 있어서 김영자 소설 세계의 주된 특징인 "현실감 있는 사건이 미학적, 극적인 표현으로 형상화"된 점을 감상할 수 있을 것이다.

특히 표제가 된 '천송이 목련화'는 아버지에 관한 회상의 글인 「아버지 감사합니다, 용서하세요」 말미(末尾)에 제시된 시다. 시 〈천송이 목련화〉는 그리운 고향에서 아버지, 어머니와 함께했던 '목련화의 어린 시절'이 담뿍 느껴지는 아름다운 작품이기에 지면을 빌어 다시 소개해 보려 한다.

지금 내 두 손 가슴에 얹고
어머니 젖가슴에 나 꼬옥
품어 안아 주시던 그때를 기억하네

나 좀 더 자라 아기였을 때
아버지 등에 말 태워주시곤 하던

이제 내 생활 터전 잡아놓고
다시 돌아가기에는 너무나 머얼리
떨어진 이 시점 한 외지에서

아직도 보내지 못한 천송이 목련화를
부둥켜안고 서 있는 나
　　－〈천송이 목련화〉 전문

　시의 내용에서 짐작할 수 있듯이 "아직도 보내지 못한 천송이 목
련화"가 바로 이번 책이 전하려는 김영자 문학세계의 중심 메시지
이며, 이러한 시인의 마음이 바로 (머리말에서도 시인이 밝히고 있듯
이) 시와 이야기와 사진을 한데 모아 천국에 계신 아버지께 드리려
는 '헌정(獻呈)'의 글인 것이다. 그러므로 시인의 한평생이 그리움으
로 묻어 있는 책 『천송이 목련화』는 고국(故國)인 한국과 이국(異國)
인 미국 뉴욕을 이어주는 '그리움의 책'이라 하여도 좋을 것 같다.

▩▩▩ **전해수**　문학평론가, 상명대학교 연구교수
　저서 : 『1950년대 시와 전통주의』, 『목어와 낙타』, 『비평의 시그널』, 『메타모포
시스 시학』, 『무자의 언어』 등